Den üblichen Verdächtigen gewidmet

Der größte Mainzer Carnevalsverein ist weit über die Stadtgrenzen hinaus bekannt; vor allem für seine komischen Geschäfte. Witzisch ist zum Beispiel die Geschichte vom Mainzer Fassenachtspuff.

Die Fassenachtsprofis wollten ihre Vereinskasse mit Schwarzgeld aufbessern. Deshalb vermieteten sie in der Hexemer Straße Wohnungen an Prostituierte. An und für sich war das eine schlaue Idee, um das Finanzamt zu bescheißen. Jedenfalls theoretisch.

Praktisch aber kam es, wie es kommen musste. Vor nackter Geilheit verloren die Hutsimpel den finanziellen Überblick. Vereinsmitglieder, Parteifreunde und die ganze Mainzer Handkäsmafia; alle durften mit Helau auf Kosten des Vereins „berschte“. Deshalb wurde das Fassenachtspuff ein sensationelles Verlustgeschäft, an dem der ehrenwerte Verein beinahe bankrott ging.

Leider reden die alten Herren „Comiteeler“ nicht gern darüber, was sie damals so getrieben haben. Weil sie heute immer noch katholisch, verheiratet und besorgt um ihren guten Ruf sind.

Auch gut. Dann gibt’s halt einen Karl-Napp-Krimi zum ewigen Mainzer Thema Nummer Eins.

Das literarische Personal

Karl Napp: Meenzer Hutsimpel und Privatdetektiv
Erna Napp: Karls Frau, schlauer als er
Herbert Dickmilch: Hobbyjäger aus Mommenheim
Rudi: Herberts Dackel, Sauvieh
Franky: Detektivgehilfe und Machemoldesdo
Karl-Heinz Napp-Mahlzahn: Karls langweiliger Sohn, Deutschlehrer und Trockebrötsche
Monika-Ellen Napp-Mahlzahn: Karls Schwiegertochter, Sozialpädagogin und Vegetarierin
Gwendolyn-Virginia und **Jean-Baptist Napp-Mahlzahn:** Karls Enkel, verzogene Rotzlöffel
Brezelmüller: Pate der Mainzer Handkäsmafia
Fleischworschttoni: Großmetzger und Busenfreund vom Paten, immer gut gelaunt und geil
Hohlblockfriedel: Bauunternehmer
Der Ölprinz: Haus-und Hofanwalt der Handkäsmafia, hat immer zuviel Öl im Haar
Grieser: konservativer Lokalpolitiker
Genosse Nobby: Chef der Mainzer Toskanafraktion
Marianne Schtolte: Mieterin von Erna Napp, arbeitet in der irren Anstalt auf dem Mainzer Lerchenberg
Doktor Heribert Schtolte: Dummschwätzer, von Beruf Restaurant- und Weinkritiker
Die Wirtin von der Gastätte „Zum Ferzje": nette Frau, früher Sekretärin beim größten Mainzer Carnevalsverein
Kommissar Mittelstädt und **der dicke Assistent:** Kriminalpolizei Mainz, SOKO Helau
Ginther: de Kassewart (Finanzdezernent) vun Meenz
Burt Keck: dicker Rheinland-Pfälzischer Landesfürst, hat immer Hunger

Mainz, Hildon –Hotel am Rheinufer, 1981

„Obacht! Sie komme!", schrie der Hotelchef, als die Fassenachter wie die Halbgötter einmarschierten.

„Jaja", murmelte die Kellnerin. Sie war neu im Hotel, vertrat eine Kollegin und verstand nicht die Aufregung ihres Chefs. Wenn ein saudischer Ölprinz kam und eine ganze Etage mietete, war der Chef weniger aufgeregt als jetzt. Wie ein Bückling ohne Rückrat wuselte er um die Fassenachtsfunktionäre herum.

Was fer`n Affezirkus, dachte die Kellnerin und führte die Herren zum Konferenzraum. Sie half einem angetrunkenen „Comiteeler" aus dem Mantel. Als Dankeschön babbelte der alte Sack saudumm, glotzte in ihren Ausschnitt und ließ seinen Hut fallen. Als sie sich bückte, um den Hut aufzuheben, „petzte" er sie in den Hintern.

„Du Hutsimpel!", schrie die Kellnerin empört und gab ihm eine Backpfeife.

Das fanden die anderen Fassenachter derart „witzisch", dass sie reihum ihre Hüte auf den Boden warfen.

Wütend rannte die Kellnerin zu ihrem Vorgesetzten: „Die Affe bedien isch nit!"

„Dess kannste nit mache", jammerte der Hotelchef. Als sie auf sein Gejammer nicht reagierte, brüllte er: „Isch schmeiß Disch enaus!"

„Dann schmeiß misch doch raus! Du Arschtörtsche!!"

Der Hotelchef schmiss sie sofort raus. Er hatte – aus seiner Sicht - keine andere Wahl, sondern drei gute Gründe für den Rauswurf. Erstens hätten sich auch andere Kellnerinnen geweigert, die grabschenden Fassenachter zu bedienen. Zweitens hatte die „Meenzer Uffbaugesellschaft" den hässlichen Bunker auf Kosten des Mainzer Steuerzahlers gebaut, und viele Fassenachter hatten gut bezahlte Alibi-Posten in dieser Gesellschaft. Sie genossen im Hotel Vorzugsbehandlung und Sonderpreise. Außerdem hatten sie hier an Fassenacht immer ihr Feldlager. Und drittens wäre der Vorgesetzte entlassen worden, wenn die Fassenachter nicht bevorzugt bedient wurden. So waren halt die Machtverhältnisse im goldischen Mainz am Rhein.

Für Extrageld sprang eine abgebrühte Kollegin ein und schleppte das Übliche in den Konferenzsaal: Unglaubliche Mengen Nektar und Ambrosia in Form von „Weck, Worscht un Woi."

Im Konferenzsaal tagte die „Zugwagenkommission" , um zu entscheiden, welche Motivwagen am Rosenmontag durch die Stadt rollen sollten. Aber wie immer wurde erst Mal gar nichts entschieden.

„Zu allererst misse mer fresse unn saufe", verkündete der große Vorsitzende.

Also schaufelten die Comiteeler Fleischwürste und Frikadellen in die Rachen, als hätten sie wochenlang gehungert. Dazu kippten sie literweise „Woi in sich enoi". Ab 0,5 Promille aufwärts stieg schlagartig die Stimmung. Die Anhänger des unsterblichen Herrenwitzes gaben erste Kostproben ihres Könnens.

„Kennste den schon? Kimmt ä Fraa beim Frauearzt."

„Unn weider?"

„Nix weider, Du Schnallnix. Dess war de Witz. Kimmt ä Fraa beim Frauearzt! Kapierste nit?

„Ah so. Haha"

Ein anderer brüllte den Mainzer Klassiker in die Runde: „Fraa am Schteuer, dess wird deuer!"

„Dumm-Däää", jubelte einer.

„Ui, ui, ui, ui, ui", riefen alle im Chor.

„Au, au, au, au", riefen die anderen.

Und der Vertreter der „bolidisch - liderarischen Fassenacht“, bei dessen Vorträgen immer der ganze Saal einschlief, kam zu seinem ersten vorschnellen Höhepunkt:

„Die Kommuniste dun mir Meenzer nit mehr fresse,
die schicke mir ganz ääfach fort ins rode Hesse!“

„Subber!“, lobte der große Vorsitzende und rief: „Frolleinsche! Noch ä Flasch Woi!“

Ein anderer: „Abber beim Flasch uffmache schee bicke unn de Bobbes rausschtrecke, gell!“

So war es immer, wenn der Vorstand des Fassenachtsvereins tagte. Zuerst wurde gefressen und gesoffen. Dann, betrunken und vollgegessen, sollten Entscheidungen gefällt werden. Deshalb brauchten die Herren Comiteeler immer unzählige Sitzungen, um überhaupt irgend etwas zu entscheiden. Die ältesten Fassenachtsfunktionäre, die verblüffende Ähnlichkeit mit dem überalterten sowjetischen Politbüro hatten, schliefen da schon im Sitzen. Aus Ehrfurcht vor dem Alter wurden sie nur geweckt, wenn sie allzu laut schnarchten.

Vorsitzender: „Genuch gefresse, gesoffe unn gelacht! Jetzt werrn Motivwaachevorschlääsch gemacht!“

Nach einem Punktesystem, das komplizierter als die Regeln einer Papstwahl war, sollten jetzt die Entwürfe für Motivwagen bewertet werden. Es war eine quälend lange Prozedur. Witzige Ideen hatten keine Chance, in die Endausscheidung zu kommen. Je nichtssagender die Entwürfe waren, desto höher war die Chance, dass sie auch umgesetzt wurden.

Entwurf Nummer 23 richtete sich gegen die katholische Kirche. Er wurde mit Entrüstung abgelehnt.

„Geschmacklos!“, rief ein frommer Fassenachter.

„Unner aller Sau!“ , tobte ein katholischer Puffgänger.

Vorsitzender: „Frolleinsche! De Woi iss schunn widder all! Solle mir hier verdorschte?"

Entwurf Nummer 27 behandelte das unendlich hässliche Mainzer Rathaus. Der Entwurf wurde abgelehnt, weil „dess gibt Ärscher middem Jockel."

Gegen 23 Uhr 30 waren keinerlei Entscheidungen getroffen, aber alle besoffen. Der Vorsitzende der Motivwagenkommission erklärte die Sitzung offiziell für beendet und vertagte alle Entscheidungen auf die nächste Tagung. Jetzt wurden auch die ganz alten Comiteeler geweckt und nach Hause geschickt. Zum Abschied bekamen sie Plastiktüten voller Fleischwurst und Frikadellen vom Buffet mit. Übrig blieben die trinkfesten Herren im besten Mannesalter.

„Was mache mir jetzt noch?", fragte der Sozi.

„Mir gehn in de Puff!", entschied der Vorsitzende.

„Au ja", rief einer. „Isch will berschte!"

„Genau! Mal rischdisch die Peif dorschblase lasse!"

Auch der katholische Comiteeler, der vorhin den Entwurf Nummer 23 als „geschmacklos" abgelehnt hatte, war begeistert. Vor allem, weil der Puffbesuch aus der Vereinskasse gezahlt wurde. Das entschied der Vorsitzende so, weil er ja wiedergewählt werden wollte.

„Wer holt Bimbes?", fragte der Vorsitzende. Das war eine eher rhetorische Frage.

Das jüngste Vorstandsmitglied stolperte mit unsicheren Schritten ins Parkhaus, fuhr besoffen zu einem Haus, und klingelte die Sekretärin des Fassenachtsvereins wach.

„Wassen los?", rief sie verschlafen aus dem Fenster.

„Du musst Bimbes hole! Mir wolle in de Puff!"

„Schon widder?", murmelte sie gähnend, zog sich an und stieg zu dem Mann ins Auto.

Der Besoffene fuhr im Zickzackkurs zur Geschäftsstelle des Vereins. Die Sekretärin schloss die Tür auf, und ging ins Büro. Dort hängte sie das Bild ab, das den Tresor verdeckte. Sie öffnete den Tresor mit der streng geheimen Zahlcnkombination 11111111. Der Betrunkene stand daneben und trank Wein aus der Flasche, die er im Hilton mitgenommen hatte.

Sekretärin: „Warum habt ihr Hutsimpel nit heit morsche Bescheid gesaacht, anschtatt misch midde in de Nacht uffzuwecke?"

„Heit morsche", erklärte der Betrunkene, „habbe mir noch nit gewusst, dass mir heit abend in de Puff gehe."

„Wieviel seid ihr dann?"

„Äh", dachte der Betrunkene nach. Er zählte laut alle Namen an den Fingern ab und sagte dann: „Fümf."

Die Sekretärin nahm fünf Hundertmarkscheine aus dem Haufen Schwarzgeld, das im Tresor lag. „Langt dess?"

„Uff gar kään Fall", sagte der Betrunkene empört. „Mir wolle rischdisch die Wutz rauslasse!"

Da gab ihm die Sekretärin noch einmal 500 Mark und verschloss den Tresor wieder.

Der Betrunkene wickelte die Geldscheine in einen silbernen Geldring. Daran konnte man wichtige Mainzer erkennen. Sie brauchten kein Portemonnaie, sondern steckten die Geldscheine immer in diese Geldringe. Sie brauchten auch keine Ausweise oder Visitenkarten. Man kannte sie ja in der Stadt.

„So, isch fahr disch jetzt widder hääm."

Auch daran erkannte man wichtige Mainzer. Sie konnten ruhig betrunken Auto fahren, weil die Polizei wegsah. Die Sekretärin hielt so lange die halbleere Weinflasche.

„Eischentlisch", lallte der Fassenachtsfunktionär, „hab isch gar kä Lust, schon widder in de Puff zu gehe."

„Warum gehste dann mit?“

„Weil de Scheff sauer wird, wenn isch nit mitgeh. Der dengt dann, isch wär schwul, odder tät daheim unterm Schlabbe schtehe.“

Die Sekretärin sagte dazu nichts. Der große Vorsitzende arbeitete auch mit Gruppenzwang. Im Tresor des Vereins lag ein schönes Gruppenbild mit Damen. Auf dem Foto sah man, wie sich die „nackischen“ Herren von „nackischen“ Damen die Pfeifen blasen ließen. Solche gemeinsamen Erlebnisse schweißten zusammen, und das Beweisfoto verhinderte, dass einer aus der Reihe tanzte.

Die Sekretärin hatte sich von diesem Foto heimlich zwei Abzüge gemacht. Man wusste ja nie.

„Atschee“, sagte die Sekretärin vor ihrer Haustür. „Viel Schpaß beim Berschte.“

Der Besoffene fuhr wieder ins Hotel.

„Narhallamarsch!“, befahl der große Vorsitzende.

Der Betrunkene fuhr seine Vorstandskollegen im Zickzackkurs in die Hechtsheimer Straße. Dort stand das „Fassenachtspuff“. Das Haus gehörte dem Verein. Die Wohnungen waren an Prostituierte vermietet.

„Uff alle Fäll“, brüllte der große Vorsitzende.

„Iss ä Fotz kä Frikadell!“ , grölten seine Kumpane im Chor und marschierten mit einer Polonaise ins Puff.

„Die schon wieder“, seufzten die Huren.

Es wurde eine lange Nacht in der Hechtsheimer Straße. Unter dem Kommando des großen Vorsitzenden traute sich keiner schlappzumachen. Auf seinen Befehl hin, wurden noch ein paar Freunde und Geschäftspartner eingeladen. Als das Geld alle war, stellte der Obermacker Schuldscheine aus und befahl: „Weidermache! Nur die Harte komme in die Garde!“

Am nächsten Tag, gegen Mittag, kamen die Frauen in die Geschäftsstelle des Vereins und präsentierten ihre Forderungen, geschrieben auf Bierdeckel, mit krakeliger Schrift unterzeichnet vom großen Vorsitzenden.

Was fer Dollbohrer!, dachte die Sekretärin, sammelte die Bierdeckel ein, öffnete den Tresor und zahlte die Frauen aus.

Das Vereinspuff war ein Verlustgeschäft, weil alle wichtigen Mitglieder und Geschäftsfreunde Bumsrabatt bekamen. Die Betreiber des Hauses waren ihre besten Kunden. Weil sie auch noch andere dubiose Geschäfte betrieben, stürzte der Verein in den Ruin.

Mitte der Achtziger Jahre musste ein neuer Vorsitzender den völlig überschuldeten Saustall sanieren und die „Geschäftsfelder neu strukturieren". Wie in solchen Fällen üblich, wurde auch das alte Personal gefeuert. Die neue Führung umgab sich mit Leuten ihres Vertrauens.

Jedenfalls wurde auch die Sekretärin entlassen. Als eine Art Schweigegeld bekam sie finanzielle Hilfe, um sich eine neue Existenz aufzubauen. Sie pachtete eine Kneipe, unweit vom Mainzer Hauptbahnhof. Damals konnte man mit Kneipen noch Geld verdienen. 30 Jahre später nicht mehr.

Mainz, Gaststätte „Zum Ferzje"

„Was fer en Scheißdreck" , brummelte die Wirtin. Sie saß in der winzigen Küche ihrer Kneipe, rauchte und grübelte. Gestern hatte sie ganze 123 Euro Umsatz gemacht. 123 Euro! Und davor hatte sie schon viele solcher Tage erlebt. Zuviele. Inzwischen lieferte der Getränkehändler ausschließlich gegen Barzahlung. Es war nur eine Frage der Zeit, bis die Bank den Hahn abdrehte.

Es war nicht ihre Schuld, sie war eine gute Wirtin. Mit endloser Geduld hörte sie dem Gebabbel ihrer Gäste zu. Bei den meisten wusste sie im voraus, was sie mit 0,5 Promille erzählten, mit 1,0 und danach. Angst hatte sie auch keine. Sogar der berühmte verrückte Markus parierte, wenn sie sagte: „Maggus! Jetzt langts!"

Die Wahrheit war: Die Leute waren nicht mehr in der Lage, sich an der Theke zu unterhalten. Sie schickten lieber kindische SMS, redeten mit ihren lächerlichen Handys, versanken in der Parallelwelt ihrer Computerspiele, Chatrooms und Face-Books. Andere hatten kein Geld mehr, um in die Kneipe zu gehen, weil sie zuviel für Handys, Computerspiele und sonstigen Unfug ausgaben. Die großartige Fähigkeit des Mainzers zur gepflegten Dummbabbelei an der Theke starb aus.

Hinzu kam das Rauchverbot. Von zehn ihrer Gäste waren neun Raucher. Was sollten diese Leute tun? Sich im Januar bei Minus 12 Grad draußen hinstellen?

„Arschtörtscher!", knurrte die Wirtin. Damit meinte sie alle Volksvertreter, die dieses bescheuerte Rauchverbot durchgesetzt hatten. Was dachten sich diese Deppen eigentlich? Hatten die jemals in einer rauchfreien Kneipe gearbeitet, wo man nur noch Schweißfüße, Mundgeruch und ekelhaftes Parfüm roch, anstatt Rauch, der gnädig menschliche Ausdünstungen verdeckte?

„Mal geschpannt, was als nächstes kommt“, knurrte die Wirtin.

Vermutlich durfte man in fünf Jahren keinen Alkohol mehr ausschenken, weil der betrunken machte. Und in zehn Jahren durfte man keine Hausmacher Wurstplatte mehr anbieten, weil das zu fett sei.

Das war noch lange nicht alles. Das Finanzamt hatte angekündet, dass sie demnächst ein vollautomatisches Kassensystem installieren müsse. Die Artisten von Bau- und Ordnungsamt erfanden pausenlos neue Regeln für Deckenhöhen, Notausgänge, Dunstabzugshauben, Feuermeldeanlagen, Tod und Teufel.

„Unn dadezu die Affe do obbe!“, fluchte sie.

Über der Kneipe wohnte ein grün-alternatives Ehepaar. Er Lehrer, sie Juristin. Beide riefen sofort die Polizei, wenn jemand laut in der Kneipe lachte. Die hatten die Wirtin auch angezeigt, als sie anfangs das Rauchverbot ignorierte. Sie riefen auch sofort die Polizei, wenn Raucher fünf Minuten nach 22 Uhr draußen vor der Kneipe standen und sich dabei halblaut unterhielten.

„Bevor isch hier zumach, schlaach isch se doot!“, brummelte die Wirtin.

Seit über einem Jahr lebte die Wirtin mehr von ihrem Gesparten, als von ihrer Kneipe. Ihre Lebensversicherung hatte sie schon lange vorher aufgelöst. Alle Ersparnisse waren aufgebraucht. Sonstige Einkünfte hatte sie keine. Sie hatte nicht lange genug als Sekretärin gearbeitet, um eine nennenswerte Rente zu bekommen. Außerdem war sie mit ihren 60 Jahren nicht mehr ganz jung.

„Entwedder Hartz IV“, grübelte die Wirtin, „odder isch muss ä Bank überfalle!“

Da klopfte es an die Tür.
„Uffmache!“, rief jemand. „Dorscht!“
Es war 16:30 Uhr. Die Kneipe öffnete um 17 Uhr.
„Dorscht!“, brüllte der Mann von draußen und bollerte gegen die Tür.
Sie öffnete die Tür.
Pit sagte „Helau“ , marschierte im Blauman herein und setzte sich an die Theke. Pit kam immer im Blaumann. Niemand konnte sich daran erinnern, dass er jemals etwas anderes als einen Blaumann angehabt hätte.
„Kannst Du Dollbohrer nit warte, bis isch uffmach?“, fragte die Wirtin freundlich.
„Nä, kann isch nit“, meinte Pit. „Isch hab Urlaub.“
Sie zapfte ihm ein Bier. „Was machsten so de ganze Daach, wenn de Urlaub host?“
„Moiner Alt uff die Nerve gehe!“, erklärte Pit.
„Such der ä Freundin“, schlug die Wirtin vor.
„Aus dem Alder bin isch raus. Außerdem schteht de Bibbes er nit mehr so schtramm, wie frieher.“
„Dann mach Yoga“, schlug sie vor.
„Dess iss ä Idee“, sagte Pit. „Wie geht en dess?“
„Ei, da musste Koppschtand mache, ‚Ommmm’ saache unn glücklisch soi.“
Pit stand auf, ging an die Wand und versuchte einen Kopfstand. Aber bevor er „Ommm“ sagen konnte, war er schon umgefallen. Ohne eine Miene zu verziehen, setzte er sich wieder an die Theke.
„Joga iss scheiße“, sagte Pit. „Iss mir zu bleed. Da sauf isch lieber Bier.“
Wirtin: „Dess kannste aach besser als wie Yoga.“
Pit: „Mal im Ernst. Heit war mir so langweilisch, dass isch in dess komische Fassenachtsmuseum gange bin. Am Proviantamt, wääste?“

„Unn?“
„Die habbe da nit nur es Ledderscherzje vom alde Nescher Ernst, unn die Geisch vom Geischerfränzje. Die habbe da sogar en Tresor. In dem Tresor sinn Fassenachtsorde drin. Die Fassenachter habbe doch all was an de Erbs. Wer klaut dann alde Fassenachtsorde?“

Die Wirtin sagte nichts. Sie dachte daran, wie sie damals das ganze Schwarzgeld im Tresor verwaltet hatte. Das hatte sie nie erzählt. Aber wie sie die Nachtkappen vom Verein kannte, hatten die immer noch die Zahlenkombination von damals, um den Tresor zu öffnen.

Um 22.30 Uhr warf sie den letzten Gast hinaus, putzte und machte Kasse. 136 Euro. Es war Monatsende und die Gäste hatte noch weniger Geld als üblich. Um zu überleben, musste sie mindestens 400 Euro täglich umsetzen.

Sie setzte sich in die kleine Küche, drehte eine Tüte, legte die Füße hoch, und dachte über Pits Erzählungen nach. Es war nicht so, dass sie irgend einen festen Plan hatte. Die Gedanken kamen von selbst. Es hob die Laune, an etwas anderes zu denken, als ständig an ihre persönliche Wirtschaftskrise. Sie fing an, Fassenachtslieder vor sich hin zu summen und zu kichern. Dabei kreisten ihre Gedanken um eine alte Lederschürze, eine alte zerkratzte Geige, und einen Tresor voller bunter alter Fassenachtsorden. Sie versuchte zu schätzen, wie viel dieser alte Plunder wert sein könnte.

„Angucke kann isch mer den Kokolores ja mal“, kicherte sie und beschloss, das Fassenachtsmuseum zu besichtigen. Dann ging sie hoch in ihre Wohnung und schlief den Schlaf der Gerechten. Sie träumte von den guten alten Zeiten, als sie manchmal hunderttausende DM Schwarzgeld im Tresor verwaltet hatte.

Finanzamt Mainz, Schillerstraße

Ui, ui, ui, dachte der Finanzbeamte, als er dem Vortrag des Steuerfahnders lauschte.

Inzwischen hatte auch das Mainzer Finanzamt bemerkt, dass an den Grundstücksgeschäften rund um das alte Portlandgelände nicht nur einiges faul war, sondern zum Himmel stank. Irrsinnige „Beteiligungs- Investment- und „Projektentwicklungsgesellschaften“ schoben sich im Kreisverkehr Gelder zu, um zu verschleiern, wer am Schluß wie viel Provision für was kassierte.

Steuerfahnder: „ ... jedenfalls führt die Spur der Unterlagen, die wir bei dieser dubiosen Immobiliengesellschaft beschlagnahmt haben, eindeutig in sattsam bekannte Kreise, die auch als Mainzer Handkäsmafia bekannt sind. Deshalb werden wir eine Hausdurchsuchung bei Doktor Hans-Peter Müller, auch bekannt unter dem Spitznamen Brezelmüller, durchführen.“

Au, au, au, dachte der Finanzbeamte, ließ sich aber nichts anmerken. Zurück in seinem Büro, wollte er sofort Brezelmüller anrufen, ließ es aber bleiben. Wer konnte schon wissen, ob dessen Telefone abgehört wurden? Er wartete bis zur Mittagspause. Dann fuhr er zu Brezelmüllers Büro.

„Herr Doktor Müller ist auf einer wichtigen Besprechung“, behauptete die Sekretärin. „Was wollen Sie denn von ihm?“

„Schtreng vertraulisch“, murmelte der Finanzbeamte und flitzte nach Mainz-Gonsenheim. Ihm war nämlich eingefallen, dass heute Freitag war. Und freitags traf sich die Handkäsmafia immer in der Sauna vom Fitnesscenter Wespenacker.

Dort standen schon alle wichtigen Wagen auf dem Parkplatz. Auch der alte knallrote Mercedes 280 SL mit Anhängerkupplung, der dem Mainzer Großmetzger Fleischworschttoni gehörte. Nur der Wagen des Paten fehlte. Der Pate kam immer als letzter, weil er der Pate war.

Der Finanzbeamte wartete, bis ein knallroter Porsche mit quietschenden Reifen auf den Parkplatz donnerte. Am Steuer sass ein kleiner dicker Mann mit hochrotem Schwartenmagenkopf, der laut in sein Handy brüllte.

Der Finanzbeamte wartete, bis der Pate fertig gebrüllt hatte, dann klopfte er höflich an die Autoscheibe.

„Wass willste dann??", brüllte der Pate.

Der Finanzbeamte erklärte dem Paten, dass das Finanzamt eine Hausdurchsuchung bei ihm durchführen werde.

Brezelmüller klappte den offenen Mund zu und wuchtete ächzend seine 120 Kilo Lebendgewicht aus dem Porsche. Dann zog er seinen silbernen Geldring heraus und gab dem Finanzbeamten fünf Hunderter.

„Gute Arbeit", lobte der Pate. „Halt mich auf dem Laufenden." Damit ließ er den Informellen Mitarbeiter stehen und stapfte energisch in das Fitnesscenter.

Der Finanzbeamte fuhr zurück ins Amt. Er gehörte zum Netzwerk der Handkäsmafia. Er durfte jedes Jahr in der südfranzösischen Villa des Bauunternehmers Hohlblockfriedel zwei Wochen umsonst Urlaub machen. Aber der Baulöwe war ein stadtbekannter Knickersack. Er hätte ihm keine 500 Euro extra gegeben.

„De Hohlblockfriedel iss ä Schparbrötsche", murmelte der Finanzbeamte kopfschüttelnd und überlegte, was er mit dem Geld machen sollte. Sollte er seine Frau fein zum Essen einladen, oder sollte er „die Wutz rauslasse"? Zum Beispiel in dem neuen FKK-Club in Kastel?

„Mir brauche Uffträäsch!“,

verkündete der Privatdetektiv Karl Napp. Es war Freitag, 13 Uhr.

„Wau, wau!“, bellte Rudi und versuchte den Dartpfeil in der Luft zu fangen.

„Lass dess! Du Sauvieh!“, knurrte Herbert Dickmilch.

Aber Dackel Rudi versuchte weiter die Pfeile zu fangen, weil er ein „Eins A Jachthund“ war. Das behauptete jedenfalls Hobbyjäger Herbert Dickmilch.

Der nächste Pfeil prallte von der Scheibe ab und traf den Dackel. Rudi jaulte, zog den Schwanz ein und verkroch sich unter das alte Sofa.

„Isch hab disch gewarnt!“, sagte Herbert zu seinem Hund. Er setzte sich wieder an den kleinen Tisch und zündete einen Stumpen an. Herbert Dickmilch war groß, dick, 74 Jahre alt und kam aus Mommenheim. Er betrieb hier in Mainz, zusammen mit seinem Exkollegen Karl Napp die Detektivfirma „Napp & Dickmilch“. Beide waren ehemalige Polizisten. Aber im Moment war die Auftragslage „eher wenischer“ gut.

„Mir brauche Uffträäsch!“, sagte Karl Napp.

Karl war 65 Jahre alt, klein und dick. Er hatte das Büro in seinem Partykeller eingerichtet. Ansonsten war er Hausmeister in dem Haus, das seine Frau Erna geerbt hatte. „Mir brauche Uffträäsch!“, wiederholte Karl Napp.

„Warum saachsten mir dess?“, fragte Herbert und blies eine dicke Rauchwolke in den verqualmten Raum.

„Vielleicht sollte mir mal widder Fluchblätter verteile“, schlug Karl vor.

Beim Stichwort „Flugblätter verteilen“ sahen beide den Hilfsdetektiv Franky an. Aber Franky reagierte nicht. Er starrte seit ungefähr zwei Stunden auf sein Porträt in der

Zeitschrift „Einfach gut aussehen“. Das war die Hauspostille des Fitnesscenters MC-Fit in Mombach. Die Muckibude hatte Franky zum „Mitglied des Monats“ gekürt und in der Zeitschrift abgebildet. Jetzt war Bodybuilder Franky stolz wie ein Schneekönig.

„Frängie!“, sagte Karl.

„Was?“, schreckte der Schönling hoch.

„Du sollst Fluchbläddder verdeile!“

„Warum soll immer ICH Flugblätter verteilen?“

„Weil du de Jingste bist!“, brüllten Karl und Herbert.

Murrend stand Franky auf und schnappte ein Flugblatt. Es war ein DIN A5 Zettel, den er am Computer zusammengenagelt hatte. Damit ging er zum Copyshop in die Klarastraße.

„Guude“, lachte Stella zur Begrüßung.

„Brauchste widder T-Shirts?“, fragte Strahler 75.

„Nein. 300 Flugblätter“, brummelte Franky.

„Ich mach's“, grinste Stella. „Dann geht's schneller.“ Als sie die Vorlage in den Kopierer einlegte, fing sie brüllend an zu lachen. Auf dem Flugblatt stand:

Ihre Frau geht fremd?
Rufen sie uns an!
Detektei Napp & Dickmilch.
Nachforschungen aller Art.
Spezialgebiet eheliche Untreue.
Telefonnummer: 06134 - 26732

Dann verschwand das Mitglied des Monats, um Flugblätter in den Briefkästen der Stadt zu verteilen. Bei jedem Schaufenster blieb Franky stehen und überprüfte seine schicke Erscheinung im Spiegelbild. Er überlegte, ob er sich noch ein Tatoo stechen lassen sollte, oder den Bizeps noch ein bisschen mehr definieren sollte, oder ...

Franky war Anfang 30 und chronisch pleite oder „schtier“, wie der Mainzer sagt. Das kam daher, weil er hauptberuflich im Fitnesscenter herumlungerte und dauernd Vorschuss von Karl brauchte.

„De Frängie werd immer fauler!“, sagte Karl Napp.

„Wie de Herr, so es Gescherr!“, meinte Herbert.

Da riss Erna Napp die Tür auf: „Esse iss ferdisch!“

„Alles rodscher“ sagte Herbert.

Die beiden Detektive und der Hund gingen hoch in Karls Wohnung, „Middaach mache“.

„Uff alle Fäll brauche mir dringend Uffträäsch“, sagte Karl schmatzend.

Herbert trat ihm noch ans Bein, aber es war zu spät.

Als Erna Napp das Wort „Uffträäsch“ hörte, platzte sie. „Du brauchst Uffträäsch? Isch hab fer disch Uffträäsch, Du Hausmooster. Erstens klemmt im dridde Schtock seit zwee Monat ä Fenster! Zwäddens iss die Oodau an de Garaasch verschtobbt! Driddens wollste seit Woche ess kabuttene Schloß bei Meiers ausdausche unn ...“

Hätt isch nur es Maul gehalde, dachte Hausmeister Karl Napp, aber Ernas Aufträge nahmen kein Ende.

„Vierdens iss ...“

Herbert Dickmilch schüttelte den Kopf. Sein Freund Karl Napp war wirklich ein Depp. Seit 40 Jahren war er mit Erna verheiratet und lieferte ihr immer noch solche Vorlagen. Wie konnte man so blöd sein?

„Als Hausbesitzer bisde immer es Arschloch“, maulte Karl kleinlaut.

„Dess Haus hab isch geerbt!“, zischte Erna. „Du bist hier nur de Fasilidimänätscher!“

Mainz, Fitnesscenter Wespenacker

„Sauerei!“, tobte Bauunternehmer Hohlblockfriedel.

„Die Arschtörtscher!“, zischte Großmetzger Fleischworschttoni.

Die Nachricht von der bevorstehenden Steuerprüfung mit Hausdurchsuchung wurde von allen Mafiosis einhellig verurteilt. Übelste Beschimpfungen gegen Finanzbeamte hallten durch die 65 Grad heiße Sauna.

Als sich die Aufregung gelegt hatte, wiederholte Brezelmüller seine Frage. Wie immer saß er auf der höchsten Stufe der Sauna, weil er der Pate der Handkäsmafia war.

„Also wohin mit unserem Schwarzgeld? Bei mir im Haus muss es weg. Wohin mit dem Bimbes?“

„Hm“, murmelten die Männer von der Handkäsmafia. Wo sollten sie das Schwarzgeld verstecken, wenn beim Paten eine Hausdurchsuchung anstand? Im Moment tauchten dauernd Steuersünderdateien auf. Deshalb konnten sie das Geld nicht einfach in die Schweiz fahren.

Großmetzger Fleischworschttoni kratzte sich am wurstförmigen Schniedelwutz und sagte: „Da muss isch erst emal nachdenge. Grieser! Hol mir ä Weizebier!“

Auf der untersten Stufe hockte der Lokalpolitiker Grieser. Weil seine Partei nicht mehr in der Mainzer Rathauskoalition vertreten war, saß er auch in der Mafiahierarchie ganz unten. Er schlang sich ein Handtuch um die Hüfte und holte Bier.

„Isch hab eine Idee“, sagte Genosse Nobby, gleichzeitig Vorsitzender der Mainzer Toskanafraktion. „Wir könnten das Geld ja bei Grieser verschtecken.“

Toni: „Bist du depp? De Grieser iss zu bleed fer so was. Außerdem scheißt er sisch ins Hemd.“

Da machte Bauunternehmer Hohlblockfriedel den Vorschlag: „Mir verschteckele dess Geld beim Nobby."

Genosse Nobby schoss sofort hoch wie eine Rakete. „Das ist illegal!"

„Bolidigger!", knurrte Toni. „Beraderverträäsch mit de Handkäsmafia mache, abber nix defür schaffe wolle!"

Überhaupt war die parteipolitische Interessenlage im Verbrechersyndikat wohl ausgewogen. Dem Großmetzger war „Bolidig scheißegal". Grieser vertrat die Konservative Partei, Nobby die Genossen, und der Baulöwe saß für die Gelben im Stadtrat. Der Pate selbst hatte mehrere Parteibücher, um seine Geschäfte zu fördern.

Toni: „Ölprinz! Mach du en Vorschlaach!"

Der Ölprinz war der Haus- und Hofanwalt der Handkasmafia. Er hieß so, weil er seine dünnen Haare zu einem öligen Zöpfchen frisiert hatte. Früher war er der schönste Anwalt von Mainz gewesen. Inzwischen hatte er eine Figur wie ein vollgeschissener Strumpf. Mit seinem parfümierten Dreitagebart und seiner zierlichen Designerbrille auf dem dicken Kopf sah er aus wie eine Blutwurst, die eine italienische Edelsalami sein wollte.

„Wir könnten ja das Geld", sagte der Anwalt, „in Friedels französischem Ferienhaus verstecken."

„Host du was an de Erbs?", fragte Friedel.

Da sprach der Pate von ganz oben. „Wenn die bei mir eine Hausdurchsuchung machen, dann kann es auch sein, dass die bei Friedel und Toni auftauchen."

„Die Arschlöscher!", fluchte Friedel.

Dann kam Grieser. Weil seine Brille in der Sauna beschlug, stolperte er und kippte das Bier über Tonis Füße.

Toni: „Grieser! Du bist zu bleed, um en Äämer Wasser umzutrete! Soll isch jetzt dess Bier von meine Käsfüß ablutsche, odder was?"

Pate: „Wozu sind wir alle im Fassenachtsverein?"

Friedel: „Wie meensten dess?"

Brezelmüller: „Wir machen das wie in den guten alten Zeiten. Wir legen das Schwarzgeld in den Tresor vom Verein. Der Tresor steht jetzt im Museum. Kein Steuerfahnder kommt auf die Idee, Schwarzgeld im Tresor eines gemeinnützigen Fassenachtsmuseums zu suchen."

Die ganze Handkäsmafia war begeistert. Es hatte seinen Grund, warum Brezelmüller der Pate war. Eigentlich hieß er Hans-Peter Müller. Aber, weil er das Bäckerhandwerk erlernt hatte, nannten ihn alle Brezelmüller, obwohl er sich sogar einen Doktortitel gekauft hatte.

Toni: „Grieser! Hol ä Rund Bier fer alle!"

Brezelmüller: „Zuerst bringst Du mein Handy!"

Grieser schlang sich ein Handtuch um die speckigen Hüften, brachte seines Herren Mobiltelefon aus der Umkleide, und verschwand wieder, um Bier zu holen.

Damit alle mithören konnten, stellte der Pate das Mobiltelefon laut. Alle rückten mit den schwitzenden Ärschen näher zusammen und spitzten die Ohren.

„Jetzt bin isch abber geschpannt!", sagte Toni.

Brezelmüller rief an und fragte den Leiter des Mainzer Fassenachtsmuseums, ob der für ihn kurzfristig einen Aktenkoffer im Tresor aufbewahren könne.

Museumsdirektor: „Ei sischer mach isch dess fer Disch. Kä Problem, Brezelmiller. Soll isch den Koffer hole?"

Pate: „Nicht nötig. Grieser bringt den Koffer. Tschüs."

„Warum hat der sofort ja gesagt?", fragte der Ölprinz.

„Weil ich einen Haufen Geld für das Museum gespendet habe" , sagte Doktor Hans-Peter Müller stolz.

Toni: „Isch hab schon immer gesaacht, dass Kuldurschponsoring was guudes iss!"

Erna und die Detektive

„Um Gottes Willen!“, sagte der Mann, als er die Kellerwand sah. Die Wand war ein wenig feucht und der uralte Verputz bröckelte ab. Der Mann folgte der Hausbesitzerin, die ihm alle Kellerräume zeigte.

„Dess iss de Fahrradkeller“, sagte Erna Napp.

„Nein!“, sagte der Mann entsetzt. Auch im Fahrradkeller des 12-Familienhauses bröckelte der Putz.

„Dess iss die Wäschkisch“.

„Entsetzlich!“, sagte der Mann und stach mit einem Schraubenzieher in die Wand, damit der Verputz abfiel.

„Dess iss die Rumpelkammer.“

„Alles feucht!“, sagte der Fachmann entsetzt. „Steinfraß! Betonfraß! Da müssen wir dringend etwas tun, Frau Napp. Allerhöchste Eisenbahn!“

Langsam gehst du mir uff die Erbs, dachte Erna Napp.

Jetzt standen sie vor einer Tür, auf der „Bürro“ stand. Unter der Tür kam Zigarrenrauch hervor und waberte über den Flur.

„Was ist das?“, fragte der Mann und wollte eintreten.

„Dess geht disch nix an!“, sagte Erna und fragte: „Also was mache mir jetzt?“

„Hier“, erklärte der Fachmann, „hilft nur noch die Radikalkur. Wir müssen den ganzen Putz abklopfen, cirka 3000 Löcher in die Wände bohren und Abdichtmasse hineinspritzen. Das ist die einzige Möglichkeit, um das Haus zu retten.“

„Was kost dess?“

„Grob gerechnet 25000 Euro, Frau Napp.“

„Brutto?“

„Nein, netto“

Erna: „Bist du depp?!“

„Wir können das natürlich auch ohne Rechnung ..."
„Raus!!", zischte Erna Napp. „Abber ganz schnell!"
Als der Halunke draußen war, fasste Erna Napp einen Entschluss. Das Haus hatte sie von Tante „Lensche" geerbt und war schon lange vorher, seit 1962 abbezahlt. Aber das hieß noch lange nicht, dass Erna bereit war, einem Verbrecher 25000 Euro netto in den Rachen zu werfen. Schließlich gab es ja auch die klassische Methode der Kellersanierung.
„Hähä", lachte Erna grimmig und riss die Tür mit der Aufschrift „Bürro" auf. Dazu brüllte sie: „Bass acht!"
Drei Männer und ein Dackel starrten erschrocken die kleine kräftige Frau an.
„Es gibt was zu schaffe, Ihr Hutsimpel! Zuerst werd des Haus außerum uffgegrabe unn mit Teer isoliert. Dann scheppt ihr alles widder zu. Dann kloppt ihr inne im Keller de alde Putz ab! Dann wird neu verputzt!"
„Abber Erna ...", stotterte Karl Napp.
„Unn macht emol ess Fenster uff, ihr Wutze! Hier schtinkts wie im Indianerpuff nachts um halb vier!"
„Äh ...", stotterte Karl Napp.
Und „rumms!" knallte Erna die Tür wieder zu.
Die drei Detektive und der Dackel sahen sich ratlos an.
„Scheiße" , sagte Oberdetektiv Karl Napp. „Als Hausbesitzer biste immer es Arschloch."
„Wau", sagte Dackel Rudi.
Soviel war klar: Die Detektive brauchten jetzt dringend einen Auftrag, sonst mussten sie den Keller sanieren.

Fassenachtsmuseum im Proviantamt

„Guude", sagte die Wirtin. Sie zahlte 1,50 Euro Eintritt und schlenderte durch das kleine Museum. Niemand beachtete sie, weil gerade eine Touristengruppe durch die Räume geführt wurde.

Zuerst betrachtete sie die Vitrine mit dem Allerheiligsten Inhalt: Die alte Lederschürze von Ernst Neger. Gleich daneben stand vorübergehend eine kostbare Leihgabe. Die zerkratzte Violine des legendären Mainzer Straßenmusikers „Geigerfränzje".

„Aha", murmelte die Wirtin.

Beide Vitrinen sahen nicht besonders einbruchssicher aus. Mit einer Metallsäge, die als Fuchsschwanz gearbeitet war, konnte man sicher den billigen Schließzylinder durchsägen. Gab es eine Metallsäge in Form eines Fuchsschwanzes? Da musste sie Pit fragen. Pit war von Beruf Schlosser und ein „Bossler" vor dem Herrn.

Dann suchte sie den Tresor. Er war nicht schwer zu finden, weil der Museumschef den Touristen jetzt alte Fassenachtsorden zeigte. Dazu hängte er mit großem Brimborium ein Bild von der Wand, öffnete einen Tresor und tat, als ob hier das Grab von Tut-Anch-Amon versteckt sei.

„Oh", staunten die Touristen erfürchtig, als er ihnen einen Orden aus dem Jahr 1819 zeigte.

Die Wirtin linste zwischen den Besuchern hindurch und erkannte den Tresor sofort. Es war tatsächlich derselbe, den sie vor 25 Jahren wie ihren Augapfel gehütet hatte.

„Die Hutsimpel!", murmelte die Wirtin.

Im Museum gab es keine Videokameras. Sie entdeckte noch zwei entscheidende Details. An einer Wand hing der Putzplan. Und hinter den Vitrinen lagen kleine schwarze Häufchen. Die Wirtin wusste, was das war: Rattenscheiße.

Wieder draußen, überlegte sie, wo sie unauffällig ihr Auto parken konnte. Sie entschied sich für die Münsterstraße, weil in der Tiefgarage möglicherweise Videokameras installiert waren.

Punkt 17 Uhr schloss sie ihre Kneipe auf. Pit war der erste Gast. Sie erklärte ihm, dass sie den Schlüssel ihrer alten Vitrine verloren habe und ...

„Mach isch sofort", sagte Pit hilfsbereit. Er wohnte drei Häuser weiter und kam mit einer Metallsäge wieder.

Nach Kneipenschluss ging sie hoch in ihre Wohnung, machte das Licht aus und zog eine Stirnlampe über. Übungshalber sägte sie mit Pits Säge den Zylinder ihrer Vitrine durch. Funktionierte tadellos.

Dann legte sie ihre Ausrüstung zurecht. Einen Müllsack, Handschuhe, die Stirnlampe, ein Buch. Aus einer Strumpfhose bastelte sie eine Maske. Für den Fall der Fälle hatte sie eine täuschend echt aussehende Revolverattrappe, die normalerweise immer unter der Theke lag. Sie fand sogar eine Handtasche, in der sie alles verstauen konnte.

„Isch hab nix zu verliere", sagte die Wirtin entschlossen, zog sich die Strumpfmaske über das Gesicht, nahm die Revolveratrappe in die Hand und sah in den Spiegel. Dabei musste sie lachen.

Heute war Freitag. Am Sonntag hatte sie Ruhetag, aber das Museum war geöffnet. Am Montagmorgen war das Museum geschlossen, aber um sieben Uhr würde die Putzkolonne das Museum reinigen.

„Ritz am Bää, Ritz am Bää", sang die Wirtin, „am Mondaach iss kää Fassenacht mehr!"

Das ewige Derby

Hoffentlisch schießt der Noveski kä Eigentor, dachte Karl, und zog sich die Nullfümferkappe über die Glatze.

Die Deppe misse nächst Woch anfange de Keller zu saniere, dachte Erna Napp.

Während sich Karl Napp mental hochkonzentriert auf das Heimspiel vorbereitete, studierte Erna die Schnäppchenbeilage der Zeitung.

„Kall!"

„Wass?"

„Beim Hornbach gibt's Schippe, Pickel unn Schubkarre im Angebot!"

„Isch muss fort!", schnaufte Karl und verließ fluchtartig die Wohnung. Im Treppenhaus lief ihm die völlig bescheuerte Mieterin Marianne Schtolte über die Füße. Weil sie gerade ihre Frühjahrsdiät absolvierte, war sie noch schlechter als gewöhnlich gelaunt. Mit ihrer sägenden Stimme fing sie sofort an zu meckern: „Herr Napp! Sie wollten chon letzte Woche das Chloß unserer Wohnungstür ..."

„Kä Zeit!", bellte Karl. „Fraach die Hausbesitzerin!"

„Das ist ja wohl ...", empörte sich die Schtolte.

„Bleed Schneck", murmelte Karl und stürzte ins Detektivbüro, um Geld zu holen.

Marianne Schtolte stürmte wütend das Treppenhaus hoch und klingelte bei der Hausbesitzerin.

Erna öffnete die Tür und bellte: „Was willste dann?"

„Ich möchte wissen, wann endlich unser Chloß ..."

„Dess macht de Hausmooster!", knurrte Erna, schlug die Tür zu und murmelte „Doll Dunsel".

Niemand im Haus konnte Marianne Schtolte leiden. Sie lungerte lebenslänglich in der irren Anstalt auf dem

Lerchenberg herum und bildete sich furchtbar viel darauf ein „beim Fernsehen“ zu arbeiten. Um sich von ihrer „ach so provinziellen Umgebung“ zu distanzieren, sprach sie dieses affige „Fernsehhochdeutch“. Das war eine künstliche Sprache ohne „sch“, was sie für besonders vornehm hielt.

„Diese Prolls!“, schimpfte die Schtolte, stürmte in viel zu kleinen Stiefeln, die sie über ihre „Mombacher Quellwasserfüß“ gezwängt hatte, nach oben, und riss keifend die Tür mit dem kaputten Schloß auf.

Doktor Heribert Schtolte holte sich mit Hilfe seines Lieblingspornoheftes gerade einen herunter. Blitzartig versteckte er den Porno hinter dem Bücherregal und hüpfte mit heruntergelassenen Hosen ins Bad.

„Bist Du endlich fertig? Wir müssen zum Weinstand!“
„Ja Schatz“, schnaufte Herr Schtolte gequält. „Ich putz nur noch die Zähne.“

Als Karl das Haus verließ, pfiff jemand hinter ihm laut durch die Finger. Erschrocken drehte er sich um.

Erna stand auf dem Balkon und warf ihm drei Karten hinunter. „Wenn doi Arsch nit angewächse wär, dätste den aach noch vergesse!“, rief sie zum Abschied.

Karl schnappte die Karten und lief Richtung Markt. Über seine Beziehungen zur Handkäsmafia hatte er drei Karten für das Heimspiel gegen Kaiserslautern ergattert. Aber wie immer, wenn die Nullfümfer gegen die Lautrer spielten, gab es im Bruchwegstadion Alkoholverbot. Weil Fußball ohne Alkohol das letzte auf der Welt ist, hatte Karl beschlossen, sich mit seinen Sportsfreunden auf dem Weinstand am Markt „die Grundheef anzusaufe.“

Vorspiel

„Wo bleibt dann der Hutsimpel?“, fragte Herbert Dickmilch. Mit großer Selbstverständlichkeit stand der FCK-Fan zwischen dichten Trauben Mainzer Fans. Wie immer trug er seine riesige, ausgebeulte Breitbandkordhose, im Volksmund auch „Manchesterhose“ genannt. Mit Hosenträgern über seinen gewaltigen Bauch bis zu den Brustwarzen hochgeschnallt. Nur die speckige, dunkelgrüne Jägermütze hatte er zur Feier des Tages gegen die FCK-Kappe ausgetauscht.

„Da kommt unser Chef“, sagte das Mitglied des Monats. Detektivgehilfe Franky sah neben dem dicken Herbert aus wie ein Strich in der Landschaft.

„Hoste die Karte?“, fragte Herbert zur Begrüßung.

Karl: „Meenste isch bin bleed?“

Jetzt brauchten sie drei Sitzplätze am Weinstand. Aber weil hunderte Nullfümferfans die Karl-Napp-Vorglühtaktik befolgten, konnte man kaum einen Stehplatz finden, geschweige denn sitzen.

Karl: „Mir zwää hole was zu fresse unn zu saufe, de Herbert macht drei Plätz frei!“

„Alles rodscher“, sagte Dickmilch und walzte mit dem Dackel zwischen den eng besetzten Bänken durch. Da entdeckte er drei Mainzer Bildungsbürger, die sich mit schwarzem Vernissagenoutfit kostümiert hatten. Modell Karl Lagerfeld für Arme. Das Ehepaar Schtolte und noch so ein Schnösel.

„Guude. Rick emol ä Schtück fer’n alde Mann mit Dackel!“, sagte Herbert freundlich und quetschte seinen dicken Hintern auf die Bank.

Widerwillig rückten die drei zusammen. In ihren Gesichtern spiegelte sich die Arroganz des niveauvollen

Landeshauptstädters gegenüber dem fleischwurstfressenden Dialektsprecher.

„Geht Ihr uff Beerdischung?“, fragte Herbert mit Blick auf die schwarzen Klamotten seiner Tischgenossen.

„Wir gehen auf eine Vernissage“, sagte Doktor Heribert Schtolte wichtig. Er schrieb hauptberuflich blödsinnige Restaurant- und Weinkritiken. Dabei hatte er noch niemals in einer Kneipe gearbeitet, geschweige denn in Wingert oder Keller geschafft.

„Isch geh enuff“, erklärte Herbert. „Uff's Schpiel“. Naserümpfend knabberten die drei an ihren mit Käse gefüllten Oliven herum. Es war offensichtlich, dass sie sich nicht über so etwas Primitives wie Fußball unterhalten wollten.

Stattdessen begann der Restaurantkritiker an seinem Wein herumzumäkeln. Er gehörte zu der Sorte Kritiker, die Wein lieber totbabbeln, anstatt ihn zu saufen. Deshalb hielt er einen geschwollenen Vortrag über das rheinhessische „Terroir“.

Du Dummbabbler, dachte der Mommenheimer Winzersohn Herbert Dickmilch. *Zu bleed fer's Trottwar zu kehre, abber Vorträäsch ibber Terroir halde!“*

„Das Terroir ist ja überhaupt ...“, dozierte Schtolte. Herbert nahm ihm das Glas aus der Hand, hängte seine Kallstädter Gesichtsrose ins Glas und schnupperte: „Mach kä Ferz. Der Riesling iss gut. Kratzt im Hals, macht kä Koppweh, kost nit viel, unn macht voll.“

Diese schwungvolle Kurzkritik irritierte den Dummschwätzer Schtolte dermaßen, dass er anfing an seinen Oliven herumzumäkeln.

„Isch ess ja lieber Schpezialitäte aus de Reschion“, erklärte Herbert. „Fleischworscht, Worschtsalat, Hackbrate ...“

„Wir bevorzugen die fleicharme, meditterane Küche“ , sagte die Schtolte mit hochgezogenen Brauen und heruntergezogenen Mundwinkeln.

„Handkäs unn Pannekuche ess isch aach gern“, machte Herbert einen Vorschlag zur Güte. Weil keiner antwortete, steckte er einen Stumpen an und blies eine Rauchwolke über den Tisch.

Heribert Schtolte hustete demonstrativ und fragte: „Müssen sie unbedingt rauchen, während wir essen?“

„So neumoderne Nischtraucherferz fang isch erst gar nit an“, erklärte Herbert. „Außerdem rauch isch schon länger als wie Du uff de Welt bist!“

Gleichzeitig fing Dackel Rudi an, unter dem Tisch am Bein des anderen Mannes zu rammeln.

„Jetzt reichts aber!“, sagte der Schnösel. „Sorgen Sie dafür, dass ihr Dackel gefälligst ...“

„De Rudi iss en Eins A Jachthund“, erklärte Hobbyjäger Herbert und fing an zu erzählen, wie der Dackel neulich auf der Jagd ein Kanickel gerissen hatte und ...

Angewidert verzogen die drei ihre Gesichter. Aber, um des lieben Friedens willen, zog Herbert den rammelnden Dackel vom Bein des Mannes weg und setzte ihn auf seinen Schoß. Jetzt stand Rudi mit den Vorderpfoten auf dem Tisch. Seine geifernde Schnauze wurde immer länger. Er versuchte, gefüllte Oliven vom Tisch zu schnappen. Weil er nicht durfte, fing er an zu bellen.

„Komisch“, wunderte sich Herbert. „Normal frisst er lieber Worscht.“

„Wau, wau“, bellte Rudi und verbreitete heißen Hundeatem über das meditterane Mainzer Marktfrühstück.

Weil die drei Stoffel partout nicht mit ihm reden wollten, unterhielt sich Herbert über die Tische hinweg mit Mainzer Fans, die sich über seine FCK-Mütze aufregten.

„Scheiß Betzebüttel!“, rief einer.
Herbert klärte ihn souverän auf: „Bassemoluff: Mir Lautrer war'n schon Deutscher Meister, da habbe die Nullfümfer noch gar nit gewusst, dass de Ball rund iss.“

Da stimmten die Fans Fangesänge an.
Herbert konterte: „Deutscher Meister wird nur de Eff-Zeh-Kaa, nur de Eff-Zeh-Kaa!“.

Herbert war ein großer Sänger, seit Geburt Mitglied im Mommenheimer Gesangsverein Harmonie.

„Widerlich!“, murmelte die Schtolte.

Da kamen Karl und Franky, beladen mit Weinschorle und Fleischwurstportionen. Rudi bellte freudig erregt.

„Bleibt Ihr noch lang?“, fragte Karl seine Lieblingsmieter, knallte die Gläser auf den Tisch und steckte sich einen von Herberts Stumpen an.

„Langsam ist's aber genug!“, zischte die Schtolte.
„Karl gibt einen aus“, rief Franky.

„Dem Schpender sei ein Trullala“, sang Herbert.

„Jetzt reichts!“, entschied die Schtolte. „Wir gehen zur Vernissage ins Rathausfoyer!“
Endlich kapitulierten die drei und flohen.

„Bleede Schtädter“, rief ihnen der Mommenheimer Hobbyjäger hinterher. Es war Samstag 12 Uhr. Genug Zeit, um sich die Grundhefe zum ewigen Derby anzutrinken. Vor allem: Jetzt hatten sie auch Sitzplätze.

„Hier kann mer's aushalde“, sagte Karl und befahl: „Frängie: hol noch drei Sauergeschpritzde!“

„Hol vier Sauergeschpritzde!“, rief Erna Napp. Schnaufend stellte sie zwei Einkaufstaschen auf den Biertisch.

„Was willst dann Du hier?“, fragte Karl.
„Oikaafe!“, zischte Erna. „Damit Du was zu fresse host!“

Karl: „Host Du en Glick. De Herbert hot ebe die bleed Schtolte weggeekelt.“

„Unn Du host Glick, dass isch dein Hausdürschlüssel mitbring, Du Hutsimpel." Sie gab ihm seinen Schlüssel.

Herbert: „Erna. Isch hab ganz vergesse, dass de Hund nit ins Schtadion derf. Kannst Du de Rudi nehme? Nach em Schpiel hol isch en widder ab."

Erna: „Du Halbhern!"

Der eine vergaß seinen Schlüssel, der andere den Hund.

„Host Du aach was vergesse?", fragte sie Franky.

Franky überprüfte seine Taschen und sagte: „Erna, kannst Du mir 20 Euro leihen?"

Erna gab dem Mitglied des Monats 30 Euro und leitete geschickt zu ihrem Lieblingsthema über. „Hier, moin Bub. Dess Geld kannste beim Keller saniern abarbeite."

„Besser als wie Hantel schtemme unn kost nix", lachte Herbert.

Idiot, dachte Franky. Soweit er seine Finanzen überblickte, stand er jetzt mit rund 500 Euro bei Erna in der Kreide. Deshalb musste er für sie dauernd irgendwelche blödsinnigen Arbeiten verrichten. Das Problem war, dass er sich wie so viele Bodybuilder dabei saublöd dranstellte. Er war handwerklich selten ungeschickt. Seine schick tätowierten dicken Arme waren im richtigen Leben zu gar nichts nutze.

Erna: „Am beste fangt ihr drei Hutsimpel vorne an de Gass an, es Fundament uffzugrabe, weil ..."

Karl versuchte verzweifelt das Thema zu wechseln. Da sah er einen Mann mit Nullfümferschal, der eilig über den Marktplatz stampfte. „Guck emal! Unser Meenzer Schpardirektor. Schafft der aach samsdaachs?"

Tatsächlich, mit energischen Schritten strebte der neue Mainzer Finanzdezernent über den Marktplatz.

„Der hat zugenomme", sagte Erna mit scharfem Blick.

Jockel-Fuchs-Platz , 13 Uhr

„Ginter!“, rief ein Passant aufgeregt und verstellte dem Finanzdezernenten auf dem Jockel-Fuchs-Platz den Weg.

„Was?“, fragte der grüne Bürgermeister.

„Bei uns in de Gass iss schun seit sechs Woche die Schtraßeladern kabutt, unn de Müll ...“

„Isch kimmer misch drum!“, sagte der Finanzdezernent. Seit er Bürgermeister war, wurde er dauernd und überall angequatscht. Neulich hatte jemand um 23.45 Uhr bei ihm zu Hause geklingelt, und einen Job für seinen Sohn bei der Stadt verlangt, weil er zusammen mit dem Finanzdezernenten studiert hatte.

„Außerdem“, beharrte der Passant, „hab isch schun dreimal beim Grünamt angerufe, weil der Baum, der mir die Sischt verschperrt, immer noch nit geschnitte iss, obwohl isch ...“

Gequält sah der Bürgermeister auf seine Armbanduhr. Es war 13 Uhr. Er hatte es eilig. Deshalb verwies er den Querulanten höflich auf die Bürgersprechstunde, und stiefelte ins Rathaus. Als er den Pförtner sah, musste er lachen. Der Mann war ein echtes Original. Neulich hatte ein Stadtverordneter um 23 Uhr sein Büro verlassen und festgestellt, dass das Rathaus abgeschlossen war. Er kam nicht heraus.

Deshalb rief er den Pförtner Zuhause an. Er wollte, dass der herkam und aufschloss. Da hatte der Pförtner ins Telefon geknurrt: „Um die Zeit! Bist Du depp? Dess sinn alles Überschtunde, die isch nit bezahlt bekomm!“

Da musste eine Polizeistreife auf den Lerchenberg zum Pförtner fahren, den Schlüssel holen, das Rathaus aufschließen, zuschließen und den Schlüssel wieder auf den Lerchenberg fahren.

Im Rathaus

„Guude“, knurrte der Pförtner schlechtgelaunt, weil er samstags Dienst schieben musste, obwohl die Nullfümfer spielten. Zu allem Überfluss war im Foyer auch noch eine Vernissage.

„Unn?“, fragte der Finanzdezernent. „Wie issen die Wernisaasch?“

„Indressier misch nit fer Kunst!“, knurrte der Pförtner. „Isch guck lieber Fußball!“

Grinsend eilte der Finanzdezernent durch das Mainzer Vernissagenpublikum. Irgendwie sahen alle gleich aus. Alle Besucher waren schwarz angezogen, hielten mit elegant abgespreizten kleinen Fingern Sektgläser in den Händen und droschen Phrasen über Kunst.

Isch guck aach lieber Fußball, dachte der Finanzdezernent und tastete sich durch dunkle Gänge zum Sitzungssaal. Samstags war das baufällige Rathaus noch trister als gewöhnlich. Aus Sparsamkeitsgründen wurde der Personenfahrstuhl am Wochenende abgestellt und die Beleuchtung auf das Notwendigste reduziert. Lief man durch die muffigen, dunklen Gänge, hatte man ein beklemmendes Gefühl, das an die Besichtigung eines alten Westwallbunkers erinnerte.

„Guude“, sagte der Finanzdezernent, als ihm ein Gespenst über den Weg lief, aber das Gespenst gab ihm keine Antwort. Der Mann war eine politische Leiche. Er durfte noch solange Oberbürgermeister sein, bis seine Pensionsansprüche erfüllt waren. Wie ein Geist schwebte er durchs Rathaus. Niemand wollte mit ihm zusammen gesehen werden. Vor allem Parteifreunde nicht. Genosse Puffgänger, Geschäftemacher und Oberbürgermeister Fockel Juchs hätte sich kaputtgelacht, wenn ihn jemand wegen einer lächerlichen Capri-Reise und einem kleinen krummen Grundstücksgeschäft zum Rücktritt gedrängt hätte.

„So kann mer sisch aach de Daach versaue“, knurrte der Finanzdezernent, als er um 13:15 den Saal betrat. Warum er sich das samstags vor einem Heimspiel antat, hatte einen guten Grund. Heute tagte der „Runde Mainzer Tisch“ zum Thema kulturelle Einsparungen. Vorschlag: Vom Landestheater bis zur kreativen Krabbelgruppe sollten alle auf 10 Prozent ihrer kommunalen Zuschüsse verzichten, weil die Stadt pleite war. Hinter dem Samstagstermin stand die Hoffnung, rechtzeitig zu einem Ergebnis zu kommen, weil alle das Spiel um 15:30 Uhr sehen wollten. Hoffte jedenfalls der Finanzdezernent. Da hatte er sich aber geschnitten. Mit Zähnen und Klauen verteidigten alle Kulturheinis ihre Pfründe.

Gleich zu Beginn erklärte der Chef des Fassenachtsmuseums: „Mir könne noch nit emal 50 Euro kürze. Dess geht äfach nit!“

Dann hielt ein Schauspieler vom Landestheater eine theatralische Protestrede. Wenn man ihm zuhörte, musste man glauben, dass der böse Finanzdezernent die ganze Belegschaft erschießen und das Theater sprengen wollte. Zum Schluß des Dramas übergoß er sich mit Tomatensaft, und schrie sterbend: „Das Theater blutet!“

Eine feministische Batikinitiative verlangte die Abschaffung des Römerschiffemuseums, weil da nur frauenfeindliche und gewaltverherrlichende Militärgeschichtsscheiße präsentiert würde. Daraufhin drohte der Reserveoffizier und oberste Denkmalschützer im abgehackten Bundeswehrton mit seinen Verbindungen zur politischen Landesebene.

Zwischendurch machte der Fassenachter einen Vorschlag zur Güte: „Die Batikfraue könnte ja fer uns hisdorische Fassenachtsuniforme nähe, unn die Wohnbau bezahlt dess dann hinnerum irschendwie.“

„Idiot“, sagte die Batikfrau und zeigte ihm den Vogel.

Um 13:45 Uhr verlangte der Chef des Ebersheimer Blockflötenmuseums die Rückzahlung aller offenen und verdeckten Subventionen der Stadt Mainz für den Fußballverein FSV Mainz Null Fünf um 10 Prozent.

„Iss der depp?“, fragte der Finanzdezernent.

Ab 14.15 Uhr hielt der Vertreter des stadthistorischen Museums einen halbstündigen Vortrag über die immense Bedeutung seines Museums und dass auf gar keinen Fall Kürzungen ...“

Um 14.45 Uhr erklärte der Vorsitzende des Bretzenheimer Karnickelzuchtvereins e.V, dass er den Status als Weltkulturerbe beantragen wolle, um Kürzungen zu vermeiden.

Um 15:05 Uhr verlangten die Finther Landfrauen, dass sämtliche kulturellen Zuschüsse „fer die bleede Gunsenumer“ ersatzlos gestrichen werden sollten.

Um 15:20 Uhr verpasste die großgewachsene Batikfrau dem kleinen Reserveoffizier eine Backpfeife. Daraufhin drohte der Reserveoffizier mit dem Einmarsch der 22. römischen Legion Primagena Pia fidelis.

Um 15:37 Uhr drohte der Schauspieler mit Hungerstreik, um gegen den „Kulturmord“ zu protestieren.

Gegen 15:45 Uhr war der Blutdruck des Finanzdezernenten auf 180 gestiegen. Erstens, weil kein Ende dieser Sitzung abzusehen war. Zweitens, weil ihm per SMS gemeldet wurde, dass der FCKaiserslautern Eins zu Null in Führung lag.

Scheißspiel

„Olee-Olee! Olee-Olaa! De Eff-Ze-Ka iss wieder daa!“, sang Herbert Dickmilch, stand auf und applaudierte.

„Dollbohrer!“, sagte Karl Napp zu seinem Freund.

„Hock disch widder hie, Du Cloon!“, riefen andere.

Wie so oft, wenn die beiden Vereine gegeneinander spielten, war es ein richtiges Scheißspiel. Zeitweise sah es aus, als würde Bodenheim gegen den verhassten Rivalen Lörzweiler kicken. Die Lautrer holzten. Die Mainzer holzten zurück. Jegliche Ordnung ging verloren. Die Zuschauer schrien. Die beiden Trainer tobten wie HB-Männchen, wovon die Fußballer noch wirrer wurden. Dauernde Spielunterbrechung wegen Faul. 23000 Zuschauer brüllten. Bengalische Feuer brannten. Der nervöse Schiedsrichter wurde immer hektischer, und verteilte abwechselnd gelbe Karten.

„Isch kann nit mehr hingucke“, maulte Karl Napp.

In der Halbzeitpause hielt Herbert einen großartigen Vortrag darüber, dass es fast keine echten Mainzer Fans gäbe. Die meisten seien ehemalige Bayern-, Betze- und Eintrachtanhänger. Nur die 2000 Nullfümfer, die schon 1982 auf dem Bruchweg waren, das seien echte Fans.

„Halldoimaul!“, rief ein vierzigjähriger Mainzer.

Herbert: „Du host kä Ahnung vun Fußball. Dadezu biste biste viel zu jung!“

In der 91. Minute schossen die Mainzer per Foulelfmeter den Ausgleich. Beide Mannschaften bekamen für den Unsinn, den sie da zusammengespielt hatten, jeweils einen Punkt. Eigentlich hätte man beiden drei Punkte abziehen müssen.

Nachspiel

Franky hielt dem dicken Herbert ein Weizenbierglas unter die Nase und fragte: „Herr Abel, was haben sie als Exmainzer gedacht, als sie das Eins zu Null für Kaiserslautern geschossen haben?“

Herbert: „Ja gut, sischerlisch. Isch hab gedengt, hoffentlisch kommt nit gleisch son bleede Schportreporter, der wo mir saudumme Fraache schtellt.“

Franky hielt das Mikrofon unter Karls Nase: „Herr Schürrle, was haben sie gedacht als sie den Ausgleich für Mainz ... ?

Karl: „Isch hab mer gedengt, dass isch nächst Säsong bei Plastik Leverkuse es dreifache kassier unn ...“

„Nicki, noch ämol es selbe“, bestellte Herbert.

Die dritte Halbzeit verbrachten sie vor der „Zeitungsente“. Diese Kneipe hatte drei Vorteile. Erstens konnte man in der Zeitungsente rauchen, bis der Qualm zu den Ohren herauskam. Zweitens war es egal, wie voll der Laden war: Wenn die unschlagbare Nicki bediente, gab es immer zügigen Getränkenachschub, weil sie eine phänomenal gute Bedienung war. Drittens konnte man bei schönem Wetter „Fernseh gucke“.

Die Neubrunnenstraße war die zentrale Einflugschneise zwischen Neustadt und Altstadt. An der Zeitungsente liefen alle dreißig Parallelgesellschaften vorbei, die zusammen die Mainzer Bevölkerung bildeten. Zwanzigjährige Studenten mit hässlichen Modefrisuren und abartigen Hornbrillen. Dicke Mädchen mit bauchfreien Tops und Arschgeweihen, die links und rechts über die Hüften quollen. Bankangestellte in schlecht sitzenden dunkelbraunen Anzügen. Fünfzigjährige Männer, die ihren Schmierbauch in enge Jeans queschten, weil sie 25 sein wollten. Moslemische Frauen, die ihre Körperformen mit acht Schichten dunkler Kleidung tarnten. Tätowierte Bodybuilder in Muscleshirts, die kaum noch gehen konnten, weil sie unter der Last ihrer sinnlos aufgepumpten Muskeln zusammenbrachen. Besoffene, die aus Protest an die Volksbank pinkelten, weil sie am Geldautomat kein Geld mehr bekommnen hatten. Diätgestörte Frauen, die für „Germanys next Topmodel" trainierten, und dabei auf ihren hochhackigen Schuhen umknickten. Handysüchtige, die beim Gehen so hochkonzentriert telefonierten, dass sie gegen den Laternenpfosten liefen und ...

„Dorscht!", rief Karl, und war entzückt, als eine Sekunde später ein volles Glas vor ihm stand.

Auch die Handkäsmafia feierte lange. Erst im Vip-Bereich im Bruchwegstadion. Dann beim In-Italiener in der Augustinergasse. „Uff", stöhnten die Kellner erleichtert, als die anstrengenden Herren endlich das „Incontro" verließen.

„Wo gehen wir jetzt noch hin?", fragte Genosse Nobby geil.

Wie immer zu festlichen Anlässen landeten die ehrenwerten Herren zum Schluß in der Bar „Chez Cherie". Brezelmüller lud alle ein.

„Los ihr Hinkel!", feuerte Chefin Rosi ihre Barmädchen an. „Jetzt wird Umsatz gemacht!"

Nur der Lokalpolitiker Grieser zögerte: „Wenn misch hier jemand erkennt, könnte das das Ende meiner bolidischen Karriere sein, und ..."

„Grieser, babbel kä Blech!", knurrte Fleischworschttoni und schubste den Zauderer in die Bar.

„Isch schieß Dir ä Loch in de Kopp!“

Die Frau mit der Strumpfmaske zückte eine Pistole und brüllte: „Mach kä Ferz! Gib mir sofort ...!“.

Aber wegen der Strumpfmaske vor dem Mund verstand man kaum ein Wort, außer „Mnachf nkä Mferz ...“

„Scheiße, so geht dess nit!“, fluchte die Wirtin, nachdem sie die Maske abgezogen hatte. Sie drehte sich einen Joint, rauchte und dachte nach. Es war 1:30 Uhr. Seit sie die Kneipe geschlossen hatte, übte sie in ihrer Wohnung vor dem Spiegel. Sie übte für den Fall der Fälle. Falls im Fassenachtsmuseum alles schiefging, würde sie mit der Pistolenattrappe herumfuchteln müssen. Das Ding hatte sie noch nie im Leben gebraucht. Einmal wollte ein Verrückter mit einem Messer ihre Kasse ausräumen, aber dem hatte sie einen Besenstiel über den Kopf gehauen, da war er geflohen. Überhaupt war es schwer, einen Überfall zu üben, wenn man vorher noch nicht einmal ein Kaugummi geklaut hatte. Aber jedenfalls, da war sie sicher, konnte man keinen Überfall drehen, wenn keiner den Räuber verstehen konnte.

Also ein neuer Versuch. Die Wirtin schnitt ein Loch in die Strumpfmaske, an der Stelle, wo der Mund war. Sie zog sich die Maske über, zielte mit der Pistole auf ihr Spiegelbild und brüllte: „Gib mir dem Nescher Ernst soi Scherzje, odder isch haach der uff's Knerzje!“.

Dabei musste sie lachen. Jetzt konnte man zwar die Worte verstehen, aber im Spiegel sah sie eine Maskenfrau, die in der einen Hand eine Knarre und in der anderen einen Joint hielt.

„So en Quatsch!“, entschied die Wirtin und legte die Tüte beiseite. Stattdessen hielt sie jetzt den Pistolengriff mit beiden Händen. Sie fand, das sehe bedrohlicher aus.

„Sofort her mit dem Scherzje!", brüllte sie.
Aber auch das hörte sich lächerlich an. Sie durfte nicht in der typischen Mainzer Verkleinerungsform reden. Das nahm niemand ernst.

Neuer Versuch. Sie riss dramatisch die Pistole hoch und brüllte: „Mach kä Ferz! Gib mir dem Nescher Ernst soi Scherz!"

Das war schon besser. Aber da kam sie auf die Idee, aus Tarnungsgründen deutsch zu reden. Sie nahm einen tiefen Zug aus der Tüte und brüllte in den Spiegel: „Mach keine Fürze! Gib mir sofort dem Nescher Ernst seine Schürze!"

Auch dieser Versuch war eher lachhaft. Sie konnte einfach kein deutsch. Jeder Depp würde hören, dass das gewollt und nicht gekonnt war. Nein, sie musste das Museum auf Meenzerisch überfallen.

„Gar nit so ääfach!", gickelte sie, und öffnete eine Flasche Rotwein. Und lachte und übte. Einmal riss sie derart dramatisch die Pistole nach vorne, dass sie von ihrem eigenen Schwung mitgerissen wurde und hinfiel.

Aber schließlich fand sie eine Variante, die sich furchterregend anhörte: „Hopp, Hopp! Rück dem Nescher Ernst soi Scherzje raus! Odder isch schieß der ä Loch in de Kopp!"

Mit dieser Überfallvariante fiel sie in ihr Bett. „Ich klau äfach den Klumbatsch, unn verlang dann 30000 Euro, damit isch den Kram zurückgeb!" murmelte sie. Dann schlief sie ein.

„Welkamm in de juropien Weinkäbiddel Määnz!“,

krähte der Touristenführer auf Meenzerisch-Englisch.

Die Touristen standen am Rheinufer herum und starrten entsetzt auf einen marmorverkleideten Betonbunker mit vergitterten Fenstern.

„Iss this a Prison?“, fragte eine Amerikanerin.

„Jess“, sagte der Touristenführer. „Diss iss de Meenzer Alkatraz.“

Dann kam ein grellrotes Gefährt angefahren, das aussah wie ein Zug.

„Guude“, sagte der Zugführer schlecht gelaunt.

„Wo bleibste dann?“, fragte der Touristenführer.

„Isch hab gestern ääner gemacht“, erklärte der Zugführer und rülpste. „Weesche dem Scheißschpiel!“

Der Touristenführer pferchte die Touristen in die engen Sitze vom „Touristebähnsche“. Es musste schnell gehen, weil die Besucher wenig Zeit hatten, um sich die Europäische Weinhauptstadt Mainz anzusehen. Danach mussten sie nämlich weiter nach Rüdesheim.

„Hopp! Hopp! Hopp!“, rief er und schubste eine übergewichtige Amerikanerin in den Sitz neben eine schmächtige Chinesin.

„Abfahrt!“, brüllte der Lokführer und fuhr Richtung Marktplatz.

„Diss iss auer Dom!“, plärrte der Touristenführer. Aber gleichzeitig babbelte er in sein Handy: „Jaaa, Schnuckibutzi. Zum Abendesse bin isch dehääm. Nääa! Isch hab unsern Hochzeitsdaach nit vergesse! Sobald isch die Deppe abkassiert hab, dann komm isch!“

Weil der Touristenführer beim Telefonieren mit dem freien Arm fuchtelte, verstanden die Touristen den Wink falsch und fotografierten das Bekleidungsgeschäft Sinn & Lefers statt den Dom. Aber das war egal. Die Dombesichtigung musste eh ausfallen, weil der Lokführer zu spät gekommen war.

„Scheiß Weiber", murmelte der Touristenführer, steckte sein Handy weg und brüllte: „Nau wi a going in de Guudeberschmuseum!"

„Ach so", sagte der Lokführer. Er war schon zu weit gefahren. Also drehte er eine Runde um die Marktsäule, fuhr wieder zurück und stoppte.

„Laufschritt!", befahl der Touristenführer, damit die Fahrgäste schneller sein Gefährt verließen.

Während die Touristen unter sachkundiger Leitung des Führers durch das Gutenbergmuseum hechelten, las der Lokführer „Bild am Sonntag" und mampfte belegte Brote. „Endlich hat mer mal fümf Minudde soi Ruh", brummelte er vor sich hin.

Eine halbe Stunde später kam die Touristenhorde im Laufschritt aus dem Museum und kletterte auf die Sitze.

„Abfahrt!", brüllte der Lokführer und fuhr zum Proviantamt.

„Diss iss auer Fassenachtsmuseum", sagte der Touristenführer und scheuchte seine Herde ins Proviantamt.

In den heiligen Hallen übernahm der Museumsleiter die Führung. Die chinesischen Touristen filmten, lachten und verstanden nur Bahnhof. Das Geschwafel des Museumschefs fanden sie noch witziger als Karaoke. Vor allem, als auch noch das „Heilegänsje" vom Band lief.

„Diss iss de Ledderscherz off auer Fassenachtssinger Ernst Nescher! Hie was de Fränk Sinatra off Meenz!"

„Great!", jubelten die amerikanischen Touristen.

Eine Frau bestaunte lange die Lederschürze und fragte dann: „Was Mr. Nescher in the Sado-Maso-Szene?"

„Mer wääß es nit, mer munkelt nur“, sagte der Museumsleiter geheimnisvoll.

Als Margit Sponheimer aus dem Lautsprecher „ ...am Rosenmontag ...“, sang, erklärte der Mann: „Diss iss de Soul of Meenz“

Mit den Worten „Nau we ah going in e oritschinell Weinschtubb!“, beendete der Fremdenführer das Kulturprogramm. Er scheuchte die Besucher aus dem Museum. Mit der Touristenbahn wurden sie zurück in die Altstadt gekarrt. Sie hatten jetzt in 1,5 Stunden den Dom von außen, das Gutenberg- und das Fassenachtsmuseum von innen besichtigt.

Der Fremdenführer bugsierte die Chinesen und Amerikaner in die „Original Mainzer Weinstube“. Um die teuren Plätze auszunutzen, wurden die Besucher wie Ölsardinen zusammengepfercht. Als einer etwas außer der Reihe bestellen wollte, knurrte die Wirtin: „Hier werd gefresse, was uff de Disch kimmt!“

Deshalb mussten alle ein Stück sauschlechte, lauwarme und sauteure Fleischworscht fressen. Dazu gab es Wein, der schon Kopfweh machte, wenn man ihn nur roch. Die europäische Weinhauptstadt Mainz ist berühmt für Gastwirte, die zu faul sind, um drei Kilometer Luftlinie vom Dom entfernt beim Winzer ordentlichen Wein für wenig Geld zu kaufen.

Welcher Marketing-Heini auch immer den Unfug vom „Europien Winecapital Mainz“ erfunden hat, den sollte man im Oktober bei scheiß Wetter mit einer Kiepe voll Trauben auf dem Buckel solange durch den Wingert jagen, bis er kotzen muss.

„Änd nau oll together!“, befahl der Fremdenführer. Er hakte eine Frau unter und zerrte sie von links nach rechts.

Damit den Touristen ganz schlecht wurde, mussten sie jetzt auf Befehl auch noch schunkeln.

Weil die Fremden weder Fleischwurst noch Wein kannten, merkten sie nicht, wie beschissen dieser Touristennepp war. Vor allem Chinesinnen brüllten vor Lachen. Sie schoben die Fleischwurst im Mund vor und zurück, lutschten daran herum, fotografierten sich und rissen Witze. Darüber regten sich prüde Amerikanerinnen auf. Bevor es zu ernsthaften chinesisch-amerikanischen Auseinandersetzungen kam, wurden alle abkassiert, weil schon die nächste Touristengruppe vor der Tür stand.

„Narhallamarsch!“, befahl der Fremdenführer und jagte seine Herde im Laufschritt zum Rheinufer. Dort hielt er die Hand auf, um Trinkgeld zu kassieren. Als das Schiff ablegte, um weiter nach Rüdesheim zu fahren, winkten ihm die Touristen vom Deck herunter freundlich zu.

„Sinn die so bleed“, lachte der Fremdenführer und ging zurück in die „Original Weinstube“. Er kassierte von der Wirtin Provision für jeden Besucher, den er in diese Touristenfalle lockte. Schwarz, natürlich.

Auch im Fassenachtsmuseum war man an diesem Sonntag zufrieden. Der Fremdenführer war Vereinsmitglied und zerrte Touristen ins Proviantamt, statt ins römische Schiffemuseum. Jeder Besucher mehr war ein Argument gegen die Kürzung städtischer Zuschüsse.

Vor lauter Freude bemerkte niemand, dass zwar 96 Besucher das Museum betreten, aber nur 95 wieder verlassen hatten, als das Museum um 18 Uhr schloss.

Aber woanders kamen auch ungebetene Gäste.

Obacht: Die Bagaasch kommt!

Karl sah das Monster mit der Höllenmaschine auf sich zukommen. Er wollte fliehen, aber er konnte sich nicht bewegen. Er konnte auch nicht schreien, weil die „belzische“ Zunge am ausgetrockneten Gaumen klebte.

Das grinsende Monster und die Höllenmaschine kamen immer näher. Karl lag da und war gelähmt. Es gab kein Entkommen. Das gigantische Saugrohr kam auf ihn zu und drohte ihn zu verschlingen. Das Monster lachte und hielt das höllische Saugrohr genau vor sein Gesicht.

„Nää!“, brüllte Karl hilflos, schreckte vom Sofa hoch und rieb sich die Augen. Er hatte geträumt.

Vor ihm stand Erna mit dem Staubsauger.

Erna stellte den Staubsauger ab: „Guude Morsche, Du Hutsimpel.“

„Uff“, stöhnte Karl. Er lag auf dem Sofa im Detektivbüro. Herbert saß daneben im Sessel und döste. Dackel Rudi hatte sich unter dem Tisch verkrochen. Weil er seit Stunden wach war und sich niemand um ihn kümmerte, hatte er das Zigarrenpäckchen seines Herrn zerrupft und auf dem Teppisch verteilt.

„Sauvieh!“, sagte Herbert zu seinem Hund und rülpste. Auf dem Tisch standen leere Bier- und Weinflaschen. „Hier schtinkts wie im Indianerpuff nachts um halb vier!“, sagte Erna vorwurfsvoll.

Aber dagegen konnten sie nichts tun, weil das alte Kellerfenster klemmte. Man konnte es nicht mehr öffnen.

„Um 12 Uhr schteht es Esse uffem Disch!“, sagte Erna. „Unser Sohn Karl-Heinz kimmt uff Besuch!“, fügte sie hinzu. Dann knallte sie die Tür zu und ging nach oben.

„Um Goddes Wille!“, fluchte Karl.

„Isch muss hääm nach Mummerum“, log Herbert und quälte sich aus dem Sessel.

„Bleibste nit zum esse?“, flehte Karl.

Herbert zeigte ihm den Vogel und rief: „Rudi! Komm!“

„Verräter!“, sagte Karl bitter, als sein Freund und der Hund nach Mommenheim verschwanden.

„Was will dann der Spitzklicker hier?“, fragte Karl. „Der hot uns doch erst letzt Jahr besucht?“

Erna erklärte ihm, dass Karl-Heinz gestern mit seinem VW-Käfer von Marburg nach Frankfurt gefahren sei, um gegen Fluglärm und Luftverschmutzung zu demonstrieren. Dort habe er bei alten Freunden gepennt. Und heute kam er nach Mainz. Hier wollte er bei den Eltern sein Auto abstellen, weil er vom Flughafen Hahn mit dem Billigflieger in Urlaub fliegen wollte.

„Hot der was an de Waffel?“, fragte Karl. „Warum will der bei mir in de Garaasch soi Auto abschtelle?“

„Weil’s hier nix kost“, erklärte Erna. „Uffem Flugplatz muss er Parkgebührn bezahle.“

„In de Garaasch iss kään Platz“, meckerte Karl. „Die iss bis unners Dach voll mit Gerümpel.“

Erna: „Saach dess doim Sohn, unn nit mir!“

„Der Umweltschützer soll mit em Fahrrad in Urlaub fahrn!“, zischte Karl wütend. „Deutschlehrer habbe genuch Urlaub, fer son Scheiß zu mache!“

„Es kimmt noch viel schlimmer“ , warnte Erna. „Es Moni unn die Kinner sinn aach debei!“

Karl Napp bekam Gänsehaut bei dem Gedanken, dass gleich die ganze missratene Brut aufkreuzen würde. Nicht nur sein langweiliger Sohn Karl-Heinz Napp-Mahlzahn, das elende „Trockebrötsche“. Nein, auch noch seine Schwiegertochter Monika-Ellen Napp-Mahlzahn.

Die war Sozialpädagogin und litt an der Hülsenfrüchtekrankheit, das heißt, sie hatte „ebbes an de Erbs“. Enkelin Gwendolyn-Virginia Napp-Mahlzahn fand alles Scheiße, außer Gucci und Prada. Ansonsten träumte sie von Botox, Silikontitten und einer Modelkarriere. Und der kleine Jean-Baptist Napp-Mahlzahn war völlig „depp“. Er war nicht nur internet- und handysüchtig, sondern auch asozial, agressiv und strackfaul.

„Willste vorher dusche unn Zäh butze?“, fragte Erna, weil Karl nach Alkohol, Schweiß und Nikotin stank.

„Nää!“, knurrte Karl. Schweißgeruch und Alkoholfahne waren die besten Methoden, um diese kindischen Umarmungen und Bussi-Bussi's zu vermeiden.

„Obacht“, warnte Erna. „Die Bagaasch kimmt!“ Sie stand auf dem Balkon und beobachtete, wie die vierfache Geißel Gottes aus dem alten VW-Käfer mit dem riesigen „Atomkraft? Nein Danke!“-Aufkleber stieg.

Es sah zum schießen aus. Vorne lief der magere Oberstudienrat Karl-Heinz. Wie immer mit einer grün-alternativen Leidensmiene.

Erna schüttelte den Kopf über ihren Sohn: „Der geht zum Lache in de Keller.“

Hinter dem mageren Lehrer watschelte die übergewichtige Vegetarierin Moni auf zu kleinen Flip-Flops durch die Straße. Ansonsten trug sie wie immer sackartige Gewänder in esoterischer Farbgebung, und einen winzigen Rucksack auf dem Rücken.

„Es Moni werd als fetter“, brummelte der dicke Karl mit Blick auf seine Schwiegertochter.

Hinter Moni kam ihre magersüchtige Tochter Gwendolyn-Virginia Napp-Mahlzahn. Sie stakste ungeschickt auf High-Heels herum, um größer zu wirken, und streckte die magere Brust mit dem Push-Up-BH nach vorne, um Holz vor der Hütte vorzutäuschen.

Zum Schluß der Prozession kam ein nervöser Bub mit ungesunder Hautfarbe in grotesken Hip-Hop-Klamotten. Jean-Baptist Napp-Mahlzahn konnte keinen Meter geradeaus laufen, weil er beim Gehen ununterbrochen in das Display seines idiotischen I-Phone's starrte. Vielleicht hieß das Scheißding aber auch Ei-Pot.

„Am liebste dät isch alle vier uff de Mond schieße", meckerte Karl und kratzte sich den Rücken an der Kante vom Balkontürrahmen. „Abber ohne Rückfahrkart!"

„Halloo!", rief Moni, als sie in die Wohnung platzte und Erna mit Bussi-Bussi umarmte. Als Geschenk brachte sie eine kleine Buddhafigur mit.

„Ach wie schee", log Erna höflich und stellte das Ding auf die Kommode. Dabei hatte sie die feste Absicht, das hässliche Teil später in die Mülltonne zu werfen.

„Guude!", knurrte Karl und blieb sitzen.

Schon nach fünf Minuten wurde das Gebabbel unerträglich. Karl-Heinz und Moni faselten mit leuchtenden Augen von ihrer neuesten Macke: sie waren jetzt Buddhisten geworden.

Was fer Ferz! , dachte Karl.

Deshalb mussten die beiden Umweltschützer jetzt unbedingt mit dem Billigflieger nach Bordeaux fliegen. Dort in der Nähe bot ein deutscher Psychologe für ein Heidengeld buddhistische Familientherapien an.

„Ich will da nicht hin!", meckerte Gwendolyn-Virginia. Jean-Baptist sagte gar nichts, weil er in der Parallelwelt seiner Computerspiele verschwunden war. Er hatte noch nicht einmal „Guten Tag" gesagt.

Karl-Heinz schwärmte: „Das ist Buddhismus pur. Einfaches Leben. Medition. Hütten ohne Strom. Waschen am Bach. Leben im Einklang mit der Natur und ...“

Karl: „Ei, dann fahr doch mit em Fahrrädsche hie. Du bist doch Umweltschützer.“

Karl-Heinz überhörte diesen unsachlichen Vorwurf.

Moni faselte: „Da gibt es eine speziell auf uns abgestimmte psychologische Familientherapie mit ganzheitlichem bhuddhistischem ...“

Karl platzte fast der Kopf, als er diesem Unfug zuhörte. Er fragte: „In Marbursch gibt's doch aach Psychologe, odder nit? Du musst doch nit nach Frankreich fahrn, um disch von some Psüscholooche dummbabbele zu lasse!“

„Das ist was ganz anderes“, behauptete Moni. „Der Mann hat einen ganzheitlich buddhistischen Ansatz, den es hier gar nicht gibt.“

Gwendolyn-Virginia fragte: „Kann ich dort wenigstens ‚Germany's next Topmodel' gucken?“

„Abber sischer“, lachte Opa Karl. „Da musste nur de ganze Daach Gebetsmühle drehe, um genuch Bioschtrom herzuschtelle, damit de abends ä halb Schtund Fernseh gucke kannst.“

„Hä?“, fragte Gwenny verständnislos. „Gibt's da echt kein Fernsehen?“

Karl-Heinz wechselte das Thema: „Wir werden auch zur Entspannung im Feld arbeiten. Die haben da biologische Gemüsefelder, um ihr eigenes Essen anzubauen.“

Jetzt wurde Erna sauer, weil sie sich ganz genau daran erinnerte, dass der junge Karl-Heinz zu faul gewesen war, um im Vorgarten ein paar ungespritzte Erdbeeren zu pflücken.

„Ha, ha!“ , lachte Karl. Er versuchte, sich die vier Idioten mit Feldhacken in einem steinigen südfranzösischen

Acker unter brennender Sonne vorzustellen. Nach zehn Minuten würden sie alle tot umfallen. „Huah!“, lachte Karl und wischte sich Tränen aus den Augen.

Karl-Heinz und Monika-Ellen Napp-Mahlzahn fühlten sich nicht ernst genommen.

„Was gibt’s da zu lachen?“, fragte Karl-Heinz oberlehrerhaft und todernst.

„Nix“, sagte Karl glucksend und holte sich ein Bier gegen den Nachbrand.

„Was kost dann son Buddha-Urlaub?“, fragte Erna.

„Ohne Flug 1500 Euro pro Person für 10 Tage.“

„Wenn de Unkraut robbe willst“, zischte Erna, „dann pacht doch en Schrebergarte. Dess iss viel billischer.“

„Das ist mir zu spießig!“, behauptete Karl-Heinz.

„Diese ganzen Kleingärtner haben keinen geistigen Tiefgang“, faselte Moni empört.

„Wieso?“, gickelte Karl. „Du kannst Dir beim Hornbach son Buddha aus Bedong kaafe, unn in de Gaade schtelle. Gibt’s ab 49 Komma 99 Euro. Von arme Kinner in Zwölf-Schtunde-Schichte gegosse, unn ohne Atemschutzmaske mit giftische Farbe angemalt.“

Oberstudienrat und Buddhist Karl-Heinz Napp-Mahlzahn schluckte seinen Ärger herunter und sagte nichts.

Karl: „Außerdem gibt’s bei Dir um die Eck am Edersee klasse Cämbing-Plätz. Da kannste sogar mit em Fahrrädsche hiefahrn. Iss viel umweltbewusster, als wie nach Frankreisch zu fliesche. Unn Du kannst disch im Edersee wäsche, anschtatt warm dusche.“

Dummer primitiver Hauptschüler, dachte die Sozialpädagogin Ellen-Napp-Mahlzahn über ihren Schwiegervater, weil sie aus gutem Wiesbadener Elternhaus kam.

Bevor das Gespräch entgleiste, war das Essen gut.

Karl faltete die Hände und betete: „Ommmhh! Dange

„Buddha, dass isch wesche Dir jetzt son fleischlose, fettarme unn geschmacklose Diätfraß fresse muss."

Nur Erna lachte. Aus Rücksicht auf die Gäste hatte sie vegetarisch gekocht, obwohl Sonntag war.

Inzwischen war die Stimmung endgültig im Eimer. Feindliches Schweigen herrschte rund um den großen Tisch. Moni tauschte den Platz mit Karl-Heinz, weil sie die Fahne ihres Schwiegervaters nicht mehr ertrug.

„Du hast Restalkohol!", sagte Karl-Heinz vorwurfsvoll zu seinem Vater.

„Unn Du ziehst die Hose mit de Beißzang an!", sagte Karl zu seinem Sohn.

Erna war schwer genervt, weil ihr Enkel Jean-Baptist Napp-Mahlzahn noch nicht einmal beim Essen sein Ei-Fon aus der Hand legte. Dauernd drückte er auf Tasten und aus dem Ding kamen Geräusche wie Maschinengewehrfeuer. Erna riss ihm den Stöpsel aus dem Ohr und fauchte: „Isch schmeiß doi scheiß Ei-Fon gleisch uff die Gass, unn disch hinnerher!"

Da klingelte es an der Tür.

„Guude!" krähte Uroma Annemie Napp laut, wackelte herein, und setzte sich an den Tisch.

„Die alt Schnersch hot mir grad noch gefehlt", lachte Karl zur Begrüßung seiner Mutter.

„Was hot der Dollbohrer gesaacht?", fragte Annemie drohend und schwenkte ihren Krückstock.

„Schee, dass de uns besuche kimmst!", brüllte Karl Napp über den Tisch.

„Kreisch nit so laut!", schrie Annemie. „Odder meenste isch bin schwerhörisch?"

Uroma Anne-Marie Napp war 90 Jahre alt und schwerhörig. Außerdem hatte sie bei jedem Schritt tierische Knochenschmerzen. Aber, wenn es ihr etwas besser ging, dann ließ sie ihren Rollator stehen, warf das Hörgerät in die Ecke, nahm den Krückstock und besuchte ihre Schwiegertochter Erna.

„Es iss Sunndaach!“, rief Annemie vorwurfsvoll. „Warum gibt's hier kää Fleisch?“

„Weil hier Buddiste zu Besuch sinn!“, brüllte Karl.

„Buddiste?“, rief Annemie. „Was sinn dann dess fer neimoderne Ferz?“

Karl-Heinz versuchte seiner Großmutter in gewählten Worten schreiend zu erklären, was Buddhismus bedeutet.

„Warum babbelt der Bub so geschwolle?“, fragte Annemie kopfschüttelnd.

„Weil er Lehrer iss!“, sagte Erna.

Monika- Ellen Napp-Mahlzahn sagte kaum noch etwas. Aber an ihrem hochroten Kopf sah man deutlich, dass sie kurz vor'm Platzen war.

Karl überlegte fieberhaft, wie er seine Schwiegertochter zur Explosion bringen konnte. Da fiel ihm ein, dass die Sozialpädogogin in einer Einrichtung der evangelischen Kirche Hessen arbeitete. „Saach emol, Moni? Wenn Du jetzt an de Buddha glaabst, anschtatt an de Jesus; dann musst Du doch aach aus de Kersch austrete, odder?“

Einen Moment herrschte tödliches Schweigen.

„Wenn ich aus der Kirche austrete“, zischte Moni, „dann verliere ich meinen Arbeitsplatz. Und jetzt hör auf, mich zu provozieren!“

Karl verschränkte die Arme: „Des iss unglaubwürdisch! Wenn isch Buddist wär, dann dät isch sofort aus de Kersch austrete! Isch kann aach nit gleischzeidisch Bolizist soi, unn Mitglied bei de Hells Änschels!“

„Auf dieses primitive Niveau“, zischte Moni wütend, „muss isch misch nicht einlassen!“

„Na wenischtens hoste schon fast ä Figur wie son Buddha“, sagte Karl zu seiner Schwiegertochter.

„Hihihi“, kicherte Gwendolyn-Virginia. „Isch hab sowieso keinen Bock auf diese buddhistische Psycho-kacke. Ich geh im Urlaub lieber shoppen.“

„Halt die Klappe!“, rief Karl-Heinz seine Tochter zur Ordnung. Er versuchte gerade, sie mit Nachhilfeunterricht, Schulwechsel und Taschengeldentzug zum Abitur zu prügeln.

„Tak-tak-tak-tak“, ratterte eine Maschinengewehrsalve aus dem I-Phone.

„Gleisch hab isch die Faxe dick!“, drohte Erna.

Endlich gab es einen zünftigen Familienstreit. Karl-Heinz und seine Tochter brüllten herum. Moni warf ihrem Schwiegervater vor, ein sexistisches und ordinäres Arschloch zu sein. Erna riss ihrem Enkel das I-Phone aus der Hand, schlug es auf seinen Kopf, und warf das Scheißding zum Fenster hinaus. Jean-Babtist Napp-Mahlzahn bekam einen Wutanfall und schrie wie am Spieß. Moni warf ihrer Schwiegermutter vor, „das Kind“ tätlich angegriffen zu haben.

„Raus!!“, brüllte Erna und warf die Idioten raus.

Fluchtartig verließ die ganze Marburger „Bagaasch“ Ernas Wohnung. Mit dem alten VW-Käfer 16 Liter Blei in die Luft blasend, zuckelten die buddhistischen Umweltschützer zum Flughafen Hahn, um mit dem Billigflieger nach Frankreich zu fliegen.

„Scheene Urlaub!“, rief Erna vom Balkon hinterher.

Oroma Napp stocherte ungerührt in ihrem Essen herum und meckerte: „Was fer en Zirkus! Hätt isch gewusst, dass es hier sonndags kä Fleisch gibt, dann wär isch in die Wertschaft gange, ä Jäscherschnitzel esse.“

Alarm: Das Mainzer Weltkulturerbe ist weg!

„Scheff!“, kicherte der Assistent, nachdem er aufgelegt hatte.

„Was?“, fragte Kommissar Mittelstädt.

„Alarm! Mir müsse sofort ins Fassenachtsmuseum. Dort iss oigebroche worn.“

Mittelstädt sah den Assistenten zweifelnd an. „Ist das ein Witz, oder bist du betrunken?“

„Dess iss kän Witz“, sagte der Assistent und fing an, brüllend zu lachen. „Die huah, die habbe hihi, die habbe es Scherzje vom Ernst Nescher unn huhu, die habbe aach noch die alt Geisch vom Geigerfränzje geklaut!“

Jetzt musste auch der Kommissar lachen. Es war auch nicht zu fassen. Was musste das für ein Idiot sein, der eine alte Lederschürze und eine vergammelte Geige klaute? Die Lederschürze hatte der Mainzer Fassenachter immer getragen, wenn er auf der Bühne als singender Dachdeckermeister auftrat. Und „Geigerfränzje“ war ein Mainzer Original gewesen, der mit seiner Geige für Geld auf der Straße gespielt hatte. Weil er nicht Geige spielen konnte, hatten ihm die Leute meistens Geld gegeben, damit er aufhörte.

„Dess war'n beschtimmt Wiesbadener!“, brüllte der Assistent. Dabei liefen ihm die Lachtränen in die Augen.

Und der Kommissar griente: „Jetzt ist das Mainzer Weltkulturerbe weg. Das ist ja schlimmer, als wenn man die Gutenberg-Bibel geklaut hätte.“

„Dess iss noch gar nix“, grölte der Assistent, „dess so, als ob se in Mekka de Kaaba geklaut hädde!“

Kommissar: „Harry, hol schon mal den Wagen.“

Es war Montagmorgen, neun Uhr.

Fassenachtsmuseum, 9:15 Uhr

Kommissar Mittelstädt musste sich schwer beherrschen, um ernst zu bleiben. Jede Menge hochkarätige Fassenachter rannten wie die aufgescheuchten Hühner um ihn herum. Wenn in Paris die Mona Lisa gestohlen worden wäre, könnte die Aufregung nicht größer sein.

„Dess issen Skandal!“, rief der Museumsleiter außer sich vor Wut. „Dess iss die grest Sauerei, die wo isch je in moim Lebe erlebt hab!“

Die Frau von der Spurensicherung packte ihre Instrumente weg. „Da kann ich gar nix machen“, erklärte sie. „Die Putzfrau hat alles geputzt, und dann erst bemerkt, dass die Sachen fehlen.“

„Was fehlt denn noch, außer der Schürze und der Geige?“, fragte Mittelstädt.

„Die Orde!“, schrie der Museumsleiter. „Die Fassenachtsorde aussem Tresor sinn weg. Alle! Da warn Orde vun 1819 debei! Vun 1819. Dess sinn unersetzlische kuldurelle Verluste! Dess iss ...“

„Beruhigen Sie sich“, sagte Mittelstädt. „Gehen sie alles in Ruhe durch, um festzustellen, was noch fehlt.“

Dann fragte er den Hausmeister: „Wieso hat die Alarmanlage nicht reagiert?“

„Ei, weil die grad so ä bissje ...“

„Die Alarmanlage war außer Betrieb, weil die Mittel für das Museum gekürzt wurden?“

Der Hausmeister nickte. Der Kommissar wusste, dass die Mainzer Wohnklaugesellschaft das Museum eingerichtet hatte. Aber weil die Wohnklau wegen grotesker Misswirtschaft 700 Millionen Schulden, und die Stadt sowieso kein Geld hatte, deshalb hatte man die Mittel für das Museum gekürzt.

„Außerdem habbe mir Ratte“, erklärte der Hausmeister.

„Was hat das eine mit dem anderen zu tun?“

Der Hausmeister erläuterte, dass die Alarmanlage, auch wenn sie funktionierte, nachts nicht angeschaltet wurde, weil es wegen den Ratten dauernd Fehlalarm gebe. „Unn dann muss isch jedes Mal midde in de Nacht uffschtehe. Dess iss doch scheiße, odder?“

Derweil hatte der Assistent die Putzfrau interviewt. Sie arbeitete in einer Reinigungsfirma, die einem Fassenachtsfunktionär gehörte. Um sieben Uhr hatte der Hausmeister ihr geöffnet. Als sie fast fertig war, war ihr aufgefallen, dass die Vitrine mit der Schürze und die mit der Geige leer waren, und der Tresor offen stand.

„Wieso haben Sie das nicht gleich bemerkt?“

„Weil mir der Fassenachtskrempel, ehrlisch gesacht, am Arsch vorbei geht“, sagte die Putzfrau.

Mir auch, dachte der Kommissar. Mittelstädt kam aus Hannover und floh seit 38 Jahren aus Mainz, wenn die tollen Tage kamen. Solange arbeitete hier schon als Polizist.

„Kann isch jetzt fort?“, fragte die Putzfrau. „Isch werd nämlisch fers Butze bezahlt. Net fers rumschtehe.“

Mittelstädt ging wieder zum Museumsleiter. „Wer kannte alles die Geheimnummer vom Safe?“

„Ei, isch.“

„Wie lautete die Nummer?“

„Ei, 11111111. Schon seit ibber dreißisch Jahr.“

„Was soll das bedeuten?“

„Ei, elfter elfter elf Uhr elf.“

„Das heißt, man musste die Geheimnummer gar nicht kennen, um den Safe zu öffnen?“

„Wie määnsten dess jetzt?“, fragte der Museumsleiter.

Mittelstädt schüttelte den Kopf und fragte den Hausmeister: „Nachdem sie aufgeschlossen hatten. Waren sie dabei, bis die Putzfrau fertig war?“

„Ei nä. Isch bin dann erst emal in moi Wohnung Kaffee tringe unn Frühschtück mache.“

„Und die Eingangstür vom Museum stand offen?“

„Ja nä.“

„Also was jetzt? Ja oder nein? Stand die Tür offen oder nicht?“

„Ei, abgeschlosse war se nit. Ohne Schlüssel kann mer die Dür nur von inne uffmache. Unn die Butzfraa muss jo aach widder eraus, wenn se ferdisch iss.“

Mittelstädt schüttelte den Kopf und ging nach draußen, um eine Zigarette zu rauchen. Der Fall war so klar wie Mainzer Sonnenbier. Gestern hatte sich ein Besucher einschließen lassen, als das Museum schloss. Das war nicht schwer, weil es zu wenige Museumswärter gab. Dann nahm dieser Jemand seelenruhig die Schürze und die Geige aus den Vitrinen und räumte den Tresor aus.

Heute morgen, als die Putzfrau putzte und der Hausmeister frühstückte, war dieser jemand aus dem Museum spaziert, ohne dass es irgend jemand bemerkt hatte.

Der Kommissar und der Assistent fuhren zurück ins Büro. Sie schrieben einen schönen Bericht und bereiteten eine Presseerklärung vor. Dabei mussten sie sich dauernd kringeln vor lachen.

„Unn wie geht dess jetzt weider?“

Der Kommissar zuckte mit den Schultern. „Vielleicht wartet der Dieb ein paar Tage und fordert dann Geld für die Rückgabe der Sachen.“

„Was issen son alde Krempel wert?“

„Woher soll ich das wissen?“

De Bimbes iss weg!

Um 11:11 Uhr hatte sich der Museumsleiter soweit gefangen, dass er wieder halbwegs klar denken konnte. Da fiel ihm ein, dass er den Paten der Mainzer Handkäsmafia anrufen musste, weil ja auch dessen Aktenkoffer aus dem Tresor verschwunden war. Aber er traute sich nicht. Wie sollte er das dem Paten erklären? Eine ganze Stunde lang drückte er sich vor der unangenehmen Aufgabe, aber dann tat er es doch. Todesmutig rief er an und babbelte: „Brezelmüller, bass emol uff ! Heit nacht iss im Museum es Scherzje vom Ernst Nescher geklaut worn! Unn ..."

„Hä?", fragte Doktor Hans-Peter Müller. Der gelernte Bäcker mit dem gekauften Doktortitel fiel aus allen Wolken. Als ob er keine anderen Sorgen hätte! Was kümmerte ihn die alberne Lederschürze.?

„ ... jetzt bin isch fix unn ferdisch. Es Ledderscherzje vom Ernst iss weg! Unn ..."

„Spinnst du?", fragte Brezelmüller.

Der Pate saß gerade an seinem überdimensionalen Schreibtisch. Wie immer hatte er Plateauschuhe an, um größer zu wirken, als er war. Um ihn herum wuselten Polizisten und Steuerfahnder, die seine Wohn- und Geschäftsräume durchsuchten, Umzugskisten mit Ordnern und Papieren wegschleppten. Deshalb tobte Brezelmüller noch lauter als gewöhnlich mit seinen Angestellten herum. Er war ein ausgewiesener Spezialist in der Fähigkeit, Untergebene an seinem Gemütszustand teilhaben zu lassen.

„... die Geisch vom Geigerfränzje iss aach geklaut worn!", quakte der Museumsleiter empört aus dem Telefon.

Brezelmüller schnaufte. Mit übermenschlicher Kraftanstrengung schaffte es der Pate, nicht ins Telefon zu brüllen. „Was fehlt denn noch?"

„Die Orde!", stammelte der Museumsleiter. „Die habbe alle Fassenachtsorde seit 1819 geklaut, unn ..."

„Moment!", zischte der Pate ins Telefon. „Die Orden waren doch im Tresor, oder?"

„Ei sischer. Zusamme mit dem Aktekoffer, wo du mir gebbe host. Deshalb ruf isch ja an, alldieweil ..."

„Sag bloß nicht, dass der Aktenkoffer auch weg ist?!", brüllte Brezelmüller ins Telefon.

„Ei sischer Brezelmüller. Der iss aach weg! War dess was wischdisches?"

„Du Arschloch!", brüllte Brezelmüller ins Telefon, dass die Wand wackelte. Aber er musste sich zusammenreißen. Polizisten und Steuerfahnder sahen ihn schon irritiert an. Telefonieren war auch nicht ratsam.

Brezelmüller stürmte aus seinem Büro, quetschte seine 120 Kilo Gewicht bei 1,70 Meter Körpergröße in seinen knallroten Porsche, und raste mit quietschenden Reifen in die Metzgerei seines Busenfreundes.

„Unser Schwarzgeld ist geklaut worden!"

Großmetzger Fleischworschttoni fiel aus allen Wolken. Er rief sofort die anderen an. „Männer! Um 15 Uhr iss Krisesitzung bei mir! Alle komme!"

Stadtrat Grieser flüsterte ins Telefon. „Geht nischt. Um 15 Uhr haben wir eine wischdische Schtadtratssitzung und ..."

„Grieser, bass acht! Um Punkt drei Uhr biste hier, odder isch komm ins Rathaus, unn reiß der die Ohrn ab!"

„Isch werd depp!“,

murmelte die Wirtin seit Stunden. Sie saß in der Küche ihrer Kneipe und trank erst einmal einen Schnaps, bevor sie anfing zu zählen. Mit einem Schraubenzieher hatte sie das Schloss der billigen Aktentasche geknackt. Sie zählte langsam und gewissenhaft. In dem Aktenkoffer lagen genau 500000 Euro. In kleinen gebrauchten Scheinen.

„Dess iss ä Million Mack!“, sagte sie zu sich selbst.

Es war einfacher gewesen, als ein Fass Bier anzustechen. Gestern, am Sonntagnachmittag war sie mit ihrer Handtasche ins Museum gegangen. Dann hatte sie sich in die Toilette verdrückt und einschließen lassen. Als es dunkel wurde, zog sie die Stirnlampe an, und las in ihrem Krimi. Nachts, als stockdunkel war, zog sie die Handschuhe über, ging ein paar Meter und fasste eine Vitrine an. Richtig, die Alarmanlage war ausgeschaltet. Wahrscheinlich wegen der Ratten, die Fehlalarm auslösten, wenn sie nachts im Museum herumsausten.

Dann sägte sie die Zylinder der beiden Vitrinen durch. Sie steckte die heilige Lederschürze und die vergammelte Geige in den Müllsack. Anschließend ging sie zum Tresor und tippte die Nummer 1111111 ein. Der Tresor summte und die Tür ging auf. Tatsächlich, diese Nachtkappen hatten immer noch die gleiche Nummer wie vor 30 Jahren. Sie stopfte die alten Fassenachtsorden in den Sack. Und den Aktenkoffer nahm sie einfach so mit, weil er da war. Stand einfach im Tresor neben den Orden.

Dann ging sie wieder in die Toilette, las weiter und wartete stundenlang, bis um sieben Uhr die Putzfrau kam. Zum Entkommen brauchte sie weder die Revolverattrappe, noch die Strumpfmaske. Die Frau fing sofort an zu putzen und summte die Heavy-Metal mit, die sie mit ihrem MP-3-Player hörte. Manchmal hielt sie den Wischmopp wie eine E-Guitarre und schüttelte ihre Haare im Takt. Als sie im hinteren Raum arbeitete, drückte die Wirtin leise die Eingangstür auf und war um 7.30 Uhr im Freien. Dann trug sie den Sack zu ihrem Auto. Sah aus wie jemand, der auf dem Weg zur Arbeit seinen Müll entsorgt. Sie fuhr zur Kneipe, kochte sich Kaffee und knackte den Koffer. Jetzt war sie 500000 Euro reicher.

„Mal geschpannt, was morsche in de Zeidung schteht“, murmelte sie. Sie wettete um 500000 Euro mit sich selbst, dass nichts von dem Geld in der Zeitung stehen würde. Soviel Bimbes in einer schäbigen Aktentasche zwischen alten Fassenachtsorden! Das konnte nur Schwarzgeld sein. Was sollte das sonst sein?

„Wie in de guude alde Zeite“, lachte die Wirtin.

Als um 17 Uhr Pit in die Kneipe kam, bat sie ihn um einen Gefallen.

„Fer disch moin Schatz, mach isch alles“, sagte Pit.

Pit war mehr ein guter Freund, als ein Gast. Vor Jahren hatte sie ein Verhältnis mit ihm gehabt, was dessen Frau natürlich nicht wissen durfte.

„Pit, wo warsten gestern?“

„Isch war de ganze Daach unn die Nacht allä in moim Gaadeheisje, weil isch Krach mit meiner Alt hab!“

Wirtin: „Da war isch debei. Abber fraach nit, warum!“

„Gut“, sagte Pit. „Dann ware mir halt zu zweit im Gaadeheisje. Muss jo moi Fraa nit wisse.“

„Dange, Pit.“ Sie gab ihm einen Kuss.

„Des kost disch abber ä Freibier.“

„Prost. Sauf soviel, wie enoi basst. Geht uff misch.“

Ach, wie schee isses im goldische Meenz!

„Kall?“, rief Erna.

Keine Antwort.

„Kall!?“

„Hää?“, rief Karl Napp zurück.

„Hoste schun emol weesche der Kellersanierung ...?“

„Kä Zeit!“, schrie Karl und fuhr los.

„Der Hutsimpel“, brummelte Erna, „iss en Mann wie Ritscherd Kimbel. Kaum gibt’s was zu schaffe, iss er uff de Flucht“

Auf der Flucht vor Polier Erna machte Privatdetektiv Karl Napp einen Kneipenbummel durch die Neustadt. Er fuhr mit seinem „Fahrrädsche“. Karl fuhr immer mit dem Fahrrad, jedenfalls seit man ihm den Führerschein abgenommen hatte. Und seitdem schimpfte er auch wie ein Rohrspatz „uff die bleede Audofahrer“.

„Guude“, krähte Karl und bestellte im „Türmchen“ einen Sauergespritzten. „Was gibt’s dann neies in der scheene Neuschtadt?“

Der Mann hinter der Theke war ein kleiner dünner Siebzigjähriger mit trockenem Humor. Er erzählte ein paar Schoten über „Wertschaftsdesperados, Dollbohrer unn Artiste“, die im Viertel ihr Unwesen trieben.

Mit einem neuen Fundus an witzischen Chaotengeschichten, ging Karl 20 Meter weiter in die nächste Kneipe. Dort traf er Thomas und Wolle. Thomas hatte den Spitznamen „Schießmischdot“. Vor allem war er aber ein begnadeter Erzähler. Es war beste Mainzer Pointenhochschule. Aus einem alten Schuh und zwei gestopften Socken konnte der Mann brüllend komische Geschichten zaubern.

„Huah“, brüllte Karl Napp und rieb sich die Tränen aus den Augen.

Dann ging die Tür auf, und ein sturzbetrunkener Mann torkelte herein. Er stellte sich schwankend vor die Theke und glotzte den Wirt an.

„Glotz nit so bleed!“, sagte der Wirt.

Der Wirt war gerade schlecht gelaunt. Das kam daher, weil er im Rotlichtgeschäft herumpfuschte und jetzt Ärger mit den Hells Angels hatte. Er hatte bei den Rockern Mietschulden für Wohnungen, die er für seine Frauen angemietet hatte.

Da sagte der glotzende Betrunkene: „Ejh. Disch kenn isch. Mir habbe zwää Jahr zusamme in Dietz gesesse!“

Der Wirt hatte keine Lust, an seine Knastzeit erinnert zu werden. Deshalb sagte er laut: „Lass misch in Ruh, du Idiot. Isch kenn disch nit!“

Da sagte der Betrunkene noch lauter: „Isch kenn disch doch. Mir habbe zwää Jahr zusamme in Dietz gehockt!“

Da brüllte der Wirt: „Hau ab, odder isch haach der uff die Fratz!“

Der Betrunkene: „Mir habbe zusamme in Dietz ...“

Jetzt hatte der Wirt genug. Er schnappte den Betrunkenen am Kragen und zerrte ihn nach draußen.

Als der Wirt wieder hereinkam, maulte er: „Wassen Arschloch. Der iss mir schun in Dietz uff de Sack gange. Wesche dem hab isch misch im Knast geschämt, dass isch Meenzer bin! So Deppe will isch hier nit sehe!“

Derweil nahm das Unglück draußen seinen Lauf. Der Betrunkene fummelte sein Handy aus der Tasche, rief lallend die Polizei an und behauptete, er sei vom Wirt zusammengeschlagen worden.

10 Minuten später kamen zwei Polizeiwagen mit Tatü-Tata in den Kaiser-Wilhelm-Ring gerast, stürmten das

„Türmchen“, warfen den schmächtigen alten Mann auf den Boden und fesselten ihn.

„Seid ihr depp?“, schrie der Alte: „Seh isch aus, als könnt isch jemand umhaache?!“

Als die Polizisten 20 Meter weiter in der anderen Kneipe nachfragten, klärte sich der Irrtum auf. Der Besoffene hatte die Lokale verwechselt. Außerdem war er nicht mehr auffindbar. Wahrscheinlich hatte er schon wieder vergessen, dass er die Polizei gerufen hatte.

Karl Napp lachte sich kaputt und radelte in die Hindenburgstraße zur „Kugel“. Dort quatschte er an der Theke mit dem hünenhaften Gerüstbauer „Bubi“. Karl sah daneben aus wie ein kleiner, fetter Gartenzwerg mit Halbglatze. Er forderte den Riesen zum „Hütsche trinke“ heraus. Eine Stunde später trug Bubi den Zwerg zur Kneipe heraus, setzte ihn auf sein Fahrrad, und gab ihm einen Schubs als Starthilfe für den Heimweg.

Karl brauchte die ganze Straße. Die Bordsteine links und rechts kamen immer näher. Zweimal stürzte er. Zuletzt, als er grölend in seinen Vorgarten pinkelte. Die Mieter aus dem zweiten Stock beschwerten sich keifend. Vor allem, als er bei ihnen klingelte, um eingelassen zu werden. Er ging auch gar nicht hoch in seine Wohnung, sondern torkelte gleich in den Keller. Karl legte sich auf das Sofa im „Bürro“, schnarchte und schlief den Schlaf des Gerechten.

Woanders schlief niemand in dieser Nacht. Die Handkäsmafia schwitzte seit Stunden auf der größten Krisensitzung seit Bestehen des organisierten Verbrechens im goldenen Mainzer Dreieck von Politik, Wirtschaft und Fassenacht.

Montag, seit 15 Uhr: Große Krisensitzung

„Wenn isch die Sau verwisch, dann schneid isch dem de Schwanz ab“, tobte Hohlblockfriedel.

„Abber in einzelne Scheibe!“, sagte Toni blutrünstig.

Alle redeten durcheinander. Die ganze Handkäsmafia war betroffen und empört, erfüllt von Wut und Trauer.

Plötzlich kam dem Paten ein ungeheuerlicher Verdacht. „Ausser uns hat niemand gewusst, dass Schwarzgeld in dem Aktenkoffer ist!“

Genosse Nobby: „Was willst du damit sagen?“

Brezelmüller starrte jedem einzelnen in die Augen: „Wenn sich herausstellt, dass einer von uns das Geld genommen hat, dann Gnade ihm Gott!“

Die Mafiosis sahen sich entsetzt an.

Die drei Unternehmer Brezelmüller, Hohlblockfriedel und Fleischworschttoni sahen die beiden Volksvertreter an. Die jammerten immer herum, dass sie als Politiker zu wenig verdienten, „im Vergleisch zu entschpreschenden Führungspositionen in der freien Wirtschaft.“

Genosse Nobby war der Vorsitzende der Mainzer Toskanafraktion. Er faselte immer von Rotwein, Essen, Brionianzügen und einem Haus in der Toskana.

„Was guckt Ihr so komisch?“, fragte Nobby.

Auch der Konservative Grieser fing an, sich unwohl zu fühlen. Er hatte sich in Mainz ein Haus bauen lassen, das jenseits seiner finanziellen Möglichkeiten lag. Hohlblockfriedel hatte das Ding zum Freundschaftspreis zusammengenagelt und Brezelmüller hatte ihm einen Bankkredit zu sensationellen Konditionen besorgt.

„Diesen ungeheuerlischen Verdacht“, faselte Grieser, „muss isch mit Entschiedenheit zurückweisen und ...“

„Grieser, babbel kä Blesch!“, zischte Toni.

„Mit solschen Verdäschtischungen kommen wir jedenfalls nischt weiter!“, sagte Genosse Nobby.

Übergangslos brüllten jetzt wieder alle durcheinander, und ergingen sich in Spekulationen, wer das Schwarzgeld geklaut haben könnte. So ging das stundenlang.

Um 23 Uhr fasste der Pate einen Entschluss. „Erstens werden wir eine Belohnung zur Ergreifung der Täter aussetzen. Ganz offiziell. Der Kerl, der die Lederschürze hat, der hat auch das Schwarzgeld.“

„Guudie Idee!“

„Zweitens beauftragen wir einen Privatdetektiv, der mit, sagen wir fünf Prozent Finderlohn an der Summe beteiligt wird.“

„Dess sinn ja 25000 Euro!“, rechnete Hohlblockfriedel.

Um 23.05 Uhr erhielt Erna Napp den ersten Anruf.

„Hier ist die Handkäsmafia. Ist der Hutsimpel da?“

„Nä, de Kall iss ääner saufe gange.“

„Wohin?“

„Woher soll isch dess wisse?“

„Hat er sein Handy dabei?“

„Nä, dess verliert er immer, wenn er die Heef hot.“

„Er soll sich sofort, ich wiederhole, sofort bei uns melden, wenn er kommt! Und wenn es mitten in der Nacht ist. Verstanden?“

„Du misch aach“, sagte Erna, als sie aufgelegt hatte. Dann legte sie sich schlafen. *Männer sinn all bleed,* dachte sie noch, bevor sie friedlich einschlief.

Dienstag, 10 Uhr: Profiling

„Sie hatten am Sonntag Dienst?“, fragte der Kommissar.

„Ja“, sagte der ehrenamtliche Museumswärter.

„Ist Ihnen da irgend ein Besucher aufgefallen, der sich merkwürdig benommen hat?“

„Nä.“

„Und Sie haben um 18 Uhr das Museum abgeschlossen?“

„Ja“

Haben Sie, bevor sie abschlossen, alle Räume und insbesondere die Toiletten kontrolliert?“

„Nä“

„Warum nicht?“

„Weil am Sunndaach die Gladbacher geschpielt habbe, unn isch wenischsdens die zwädd Halbzeit gucke wollt. Isch bin nämlisch Gladbach-Fän.“

„Wo haben sie das Spiel gesehen?“

„Ei, isch bin schnell in die Gärtnergass, in de Bierschtopp Geh Ääns geflitzt.“

„Wie lang waren sie in der Gaststätte Bierstop G1?“, fragte der Kommissar und machte Notizen.

„So lang, bis isch die Heef hat.“

„Was schätzen Sie, um wie viel Uhr sie die Gaststätte verlassen haben?“

„So gesche 22 Uhr. War ä Scheißschpiel. Isch verschteh abber aach nit, warum der Trääner den ...“

„Wo waren Sie danach?“

„Dehääm“, sagte der ehrenamtliche Museumswärter und fügte hinzu: „Musst uffem Sofa penne, weil isch immer so schnarsch, wenn isch die Heef hab.“

„Haben Sie dafür Zeugen?“

„Moi Fraa unn de Hund.“

„Sind Ihnen in letzter Zeit Kollegen aufgefallen, die sich irgendwie merkwürdig benommen haben?“, fragte der Kommissar.

„Nä“

„Oder Besucher?“

„Nä“

„Kennen sie jemand, der Zugang zum Museum hat und der vielleicht finanzielle Probleme hat?“

„Nää!“

„Danke, Sie können gehen.“

„Atschee“, sagte der Mann und ging.

„Der war es wahrscheinlich nicht“, sagte der Kommissar zum Assistenten.

„Die Al Kaida war's wahrscheinds aach nit“, sagte der Assistent, kniff die Augen zu, öffnete den Mund und biss in seinen Döner. Dabei tropfte Knoblauchsoße auf den Schreibtisch.

Während der dicke Assistent gierig Kebab in sich hineinschlang, knabberte der magere Kommissar – zweiunddreißigmal kauend- an seinem salamibelegten Knäckebrot. Beim Essen belauerten sich beide.

Schmatzt wie ein Schwein, dachte der magenkranke Kommissar neidisch.

Der isst wie en Haas, dachte der Assistent und zog einen langen Zwiebelring schlutzernd in seinen Schlund.

In der Tat war es einfacher zu sagen, wer nicht das Fassenachtsmuseum ausgeraubt haben könnte, als den Täterkreis einzuengen. Vorläufig konnten sie nichts tun, außer alle Mitarbeiter, Vereinsmitglieder und sonstigen Personen zu befragen, die Zugang zum Museum hatten. Das war das einfachste und Naheliegenste. Vom Reinigungspersonal bis zum Vereinsvorstand waren alle verdächtig

„Dess iss de beste Döner von ganz Meenz“, schmatzte der Assistent zufrieden.

„Jeder Depp hätte das Fassenachtsmuseum ausrauben können“, behauptete der Kommissar.

„Wie määnsten dess?“, fragte der Assistent und lutschte sich die Finger ab.

„Der oder die Täter müssen weder über besondere Ortskenntnisse verfügen, noch geschickte Einbrecher sein. Man muss nur dreist genug sein, um sich abends einschließen zu lassen. Man braucht auch keine besondere handwerkliche Begabung, um mit einer Metallsäge die Zylinder der Vitrinen durchzusägen. Streng genommen, muss der Täter noch nicht einmal bis drei zählen können. Jeder Idiot hätte versuchsweise die närrische Zahlenkombination 1111111 ausprobieren können, um den Tresor zu öffnen. Selbst ich als Nichtfassenachter hätte auf die Idee kommen können.“

„Schtimmt“, kicherte der Assistent. „Also verhafte mir jetzt alle Meenzer, die wo nit bis drei zähle könne.“

„Wenn es so einfach wäre. Es kann wirklich jeder getan haben. Mainzer, Nichtmainzer, Mann, Frau, Kind. Einfach jeder!“

„Unn was dengste, wer dess gewese soi kennt?“, fragte der Assistent. Dabei pulte er mit den Fingern Fleischreste zwischen den Zähnen hervor.

„Fünf Möglichkeiten“, schlug der Kommissar vor. „Erstens könnte es ein fanatischer Fassenachter gewesen sein, der unbedingt diese Ausstellungsstücke für sich allein haben will.

Zweitens könnte es ein fanatischer Fassenachtshasser gewesen sein, der genau deshalb die Sachen gestohlen hat und ...“

„Du warst dess!“, lachte der Assistent. „Gib’s zu, Du zugezoochener Fassenachtsmuffel!“

„Drittens könnte es ein Profilneurotiker sein, der Schlagzeilen produzieren will.

Viertens könnte es jemand sein, der dringend Geld braucht und sich nicht traut, eine Bank zu überfallen. Falls er Geld für die Rückgabe der Sachen verlangt, dann können wir ihn vielleicht bei der Übergabe fassen.

Fünftens könnte es natürlich ein Fassenachter sein, der aus Rache die Sachen geklaut hat, weil er sich ungerecht behandelt fühlt. Diese Vereinsmeier streiten sich ja dauernd wegen irgendetwas.“

„Hm“, brummelte der Assistent. „Vielleischt war’s en profilneurodischer Fassenachter mit Geldnot, der wo sisch ibber de Vorschtand geärschert hot?“

„Auch eine Möglichkeit“, stimmte der Kommissar zu.

„Guck emol!“, befahl der Assistent. Er tippte mit „babbischen“ Fingern auf seinen Bildschirm. Die Homepage des Museums platzte vor Beiträgen. Überwiegend waren es Solidaritätskundgebungen von Fassenachtern aus ganz Deutschland. Daneben auch ein paar hämische Kommentare, die wiederum den Protest der Fassenachter hervorriefen.

„Vielleischt war es sogar de Museumsleiter persönlisch“, mutmaßte der Assistent. „Vor dem Ibberfall hat sisch nämlisch kä Sau fer’s Meenzer Fassenachtsmuseum indressiert. Jetzt schteht dess Museum in alle Zeidunge, unn die Hoompäitsch brischt zusamme.“

„Sehr interessante Theorie. Vor allem jetzt, wo die Stadt kulturelle Zuschüsse kürzt. Je bekannter das Museum ist, desto weniger wird man Mittel kürzen wollen.“

„Merkste was?“, sagte der Assistent.

Dienstag, 11 Uhr: Die Mafia ruft

Um 11 Uhr wurde Karl mit einem furchtbaren Brummschädel wach. Er lag auf dem Sofa im Kellerbüro. Wach wurde er, weil seine beiden Mitarbeiter laut im Büro herumgrölten. Sie lasen gerade die Tageszeitung und kamen aus dem Lachen nicht mehr heraus.

Dreister Einbruch im Fassenachtsmuseum!

Mainz: Sonntag Nacht wurde aus dem Mainzer Fassenachtsmuseum im Proviantamt die original Lederschürze von Ernst Neger gestohlen. Ebenso wurde die Geige des weltberühmten Mainzer Musikers Geigerfränzje geklaut. Zusätzlich ist die weltweit einzigartige Sammlung alter Fassenachtsorden aus dem Tresor gemopst worden.

Die Kripo Mainz hat eine SOKO Helau gegründet und ermittelt. Für sachdienliche Hinweise wenden Sie sich bitte an die Polizei unter der Telefonnummer ...

Eine Gruppe einflussreicher Mainzer Persönlichkeiten hat - in Absprache mit der Polizei - spontan 5000 Euro zur Verfügung gestellt. Diese Geldsumme ist als Finderlohn gedacht, bzw. als Belohnung für Hinweise, die zur Ergreifung der Täter führen.

Der Leiter des Museums hat einen ergreifenden Appell an die Öffentlichkeit gerichtet. Sämtliche entwendeten Gegenstände haben einen hohen ideellen Wert für Mainz, ja sie symbolisieren geradezu die wahre Identität dieser Stadt. Garden und Vereine bekunden mit spontanen Märschen durch Mainz ihre Solidarität und gemeinsame Trauer über diesen unersetzlichen Verlust an kulturellen Werten.

Menschen aus allen Mainzer Bevölkerungsschichten versammeln sich vor dem Proviantamt, um Kerzen anzuzünden und Blumen niederzulegen. Aus den Carnevalshochburgen Köln und Düsseldorf kommen Solidaritätsadressen. Die Fahne vor dem Mainzer Rathaus wurde auf Halbmast geflaggt ...

„Huah", lachte Herbert Dickmilch und musste husten, weil er sich an seiner Zigarre verschluckte.

Franky gickelte wie ein Irrer.

Dackel Rudi bellte wie blöd, weil alle so laut waren.

Dann ging die Tür auf. Erna marschierte herein und schrie: „Kall! Biste endlisch wach?"

Karl: „Aua. Kreisch nit so laut. Isch hab en Kopp wie en Gaul."

Erna, noch lauter: „Du sollst dich sofort bei de Handkäsmafia melde! Die habbe schon zwanzisch Mal angerufe!"

Karl: „Och nä. Die Artiste kann isch jetzt gar nit gebrauche!"

Herbert musste ihn mit dem Auto hinfahren. Karl musste beinahe kotzen, weil das Auto so furchtbar nach Hund und Zigarren stank.

In Tonis Büro über der Metzgerei war die ganze Mafia vollzählig versammelt. Alle sagten kein Wort und zogen Gesichter wie Sauerbier. Mit unheimlicher Totenstille standen sie da. Brezelmüller, Fleischworschttoni, Hohlblockfriedel, Grieser, Nobby und der Ölprinz. Irgend etwas schlimmes musste passiert sein.

„Guude", grüßte Karl und fragte besorgt: „Iss jemand geschtorbe?"

Brezelmüller: „Vorgestern sind aus dem Tresor im Museum die Fassenachtsorden gestohlen worden."

„Wääß isch. Soll isch die jetzt suche, odder was?"

„In dem Tresor war auch unser Schwarzgeld!"

„Ui, ui, ui", sagte Herbert.

„Wieviel?", fragte Karl.

„Fünfhunnert Mill!", zischte Toni wütend.

Herbert: „Dess iss jo en digger Hund."

„Wau", sagte Dackel Rudi.

„Wir zahlen drei Prozent Finderlohn, wenn du uns das Geld wieder bringst."

„Äh, wieviel sinn dann drei Prozent von 500000?"

„Dess sinn fuffzeh Mill!", sagte Toni.

„Finderlohn iss doch normal zehn Prozent", meinte Karl Napp.

„Host du was an de Erbs?", fragte Fleischworschttoni.

Sie einigten sich auf fünf Prozent Finderlohn.

Herbert: „Alles rodscher!"

Karl: „Habt ihr en Verdacht?"

Brezelmüller: „Wenn wir einen Verdacht hätten, dann würden wir nicht Karl Napp fragen!"

Sie fuhren wieder zurück ins Büro.

„Wie kann man nur so blöd sein?", fragte Franky. „Die legen 500000 Euro Schwarzgeld in den Tresor vom Museum! Soviel Dummheit muss ja bestraft werden."

„Vor allem", meinte Herbert und scheuerte dabei seinen Rücken an der Türzarge, „wääß isch nit, wo mir anfange solle zu suche."

Karl Napp wusste auch nicht, wo er anfangen sollte zu suchen. Deshalb legte er sich auf das Sofa und schlief seinen Rausch aus.

„Herr Kommissar! Isch wääß, wer’s war“,

behauptete der Mann und beugte sich mit Verschwörermiene über den Schreibtisch: „Ganz sischer. Der war’s! Mache Sie ä Hausdurschsuchung bei dem Borsch, unn sie finde den Kram.“

„Soso“, sagte Mittelstädt. Er war kurz vorm Platzen.

„Was bekomm isch dann an Belohnung fer den Tip?“

„Nix und jetzt raus!“, zischte Mittelstädt. Er schmiss den Idioten aus dem Büro.

Der Assistent lachte. „Mit dem Fall habbe mir noch viel Schpaß, wenn dess so weider geht.“

„Das hab ich genau gewusst!“, tobte der Kommissar im Büro herum. „Jetzt haben wir den Salat!“

Heute Morgen stand der Fall auf den Titelseiten der beiden Mainzer Tageszeitungen. War anscheinend wichtiger als der Bürgerkrieg in Lybien, oder die Atomkatastrophe in Japan. Vor allem wurde jetzt die ganze Mainzer Polizei lahmgelegt.

Mittelstädt hatte nicht gewollt, dass es eine Belohnung für Hinweise gebe, aber sein Chef hatte ihm befohlen, den Vorschlag der honorigen Handkäsmafia anzunehmen. Man dürfe zehntausende Mainzer, die ihre Fassenacht liebten, nicht vor den Kopf stoßen, indem man die privat gespendete Belohnung ablehne. Jetzt wurde der ganze Polizeidienst von Denunzianten lahmgelegt, die ihre Nachbarn anschwärzen und Kohle kassieren wollten. Am schlimmsten waren fanatische Fassenachter, die mit allen Mitteln ihre Konkurrenten ausstechen wollten.

„Bist du auch Fassenachter?“, fragte Mittelstädt.

„Seit moim sechste Lebensjahr bei de Kasteller Jocusgard!“, sagte der Assistent und fügte stolz hinzu: „Isch bin im Trommelzuch!“

Kommissar Mittelstädt hatte einen schwer zu überwindenden Widerwillen gegen diesen Fall. Erstens konnte er ihn nicht ernst nehmen, und zweitens war ihm das Ganze zu blöd. Vor allem aber war hier einiges faul.

„Scheff, isch mach jetzt Middaach!“, blökte der Assistent und ging in die Kantine.

Mittelstädt blieb sitzen und dachte weiter. Je länger er nachdachte, desto weniger sicher war er sich, dass tatsächlich ein Insider die Sachen gestohlen hatte. Die Sicherheitsvorkehrungen im Museum waren so stümperhaft, dass selbst Karl Napp die Sachen hätte stehlen können. Genau das war es auch, was den Fall so schwierig machte. Und was den Fall geradezu verdächtig machte, war die Tatsache, dass die Mainzer Handkäsmafia eine Belohnung ausgesetzt hatte.

Mittelstädt lebte seit 28 Jahren in Mainz, lange genug, um so etwas verdächtig zu finden. Er rief eine Frau von der Steuerfahndung an. „Hallo. Sag mal, was ist denn mit unserer ehrenwerten Gesellschaft los? Ist da im Moment etwas im Busch?“

„Mir machen gerade eine Prüfung bei Brezelmüller. Als nächste sind Hohlblockfriedel und Fleischworschtoni an der Reihe.“

„Soso“, sagte Kommissar Mittelstädt. Er dachte an die legendären Geschichten über die Schwarzgeldbestände im Tresor des Fassenachtsvereins. Was wäre, wenn in dem Tresor nicht nur verstaubte Orden gelegen hätten, sondern zum Beispiel Unterlagen, die das Finanzamt nichts angingen?

Karl Napp ermittelt

„Wo fange mir an zu suche?“, fragte Herbert und blies einen großen Rauchkringel in die Luft.

„Zuerst klappern mir alle Autofirme ab“, entschied Karl. Er gab Herbert eine Liste mit Adressen.

„Alles rodscher“, sagte Herbert, stieg mit Dackel Rudi in seinen jägergrünen Opel und fuhr los.

Karl stieg in Frankys uralten BMW.

„Wohin zuerst?“

„Zuerst zu Karl unn Co“, kommandierte Karl Napp.

Der Plan war einfach, aber gar nicht dumm. Sie besuchten BMW- Jaguar- Porsche- Mercedes- und Weißderteufelhändler, die teure Autos verkauften. Dort fragten sie, ob jemand ein Auto gekauft hätte, der aber nicht so aussah, als könnte er sich das leisten. Jemand, der bar bezahlt hatte. Sie hinterließen überall ihre Nummer mit dem Hinweis, dass ein Tipp 100 Euro wert sei. Nachmittags trafen sie sich wieder im Büro.

„Unn jetzt?“

Karl stellte drei Listen mit einschlägig bekannten Kneipen zusammen. Jeder Detektiv sollte eine Liste abarbeiten und fragen, ob seit neuestem jemand mit Geld um sich warf. Hier war jeder Tip 50 Euro wert.

„Alles rodscher!“, sagte Herbert.

Karl hielt sogar eine kleine Ansprache: „Männer! Mir müsse den Dieb unbedingt fange!“

„Warum?“

„Weil mir sonst de Keller uffgrabe unn verbutze misse! Wenn mir dess Geld finde, kann isch vom Finderlohn ä Firma komme lasse, die dess macht.“

Das sahen Herbert und Franky sofort ein.

„Sieht schee aus“,

murmelte die Wirtin. Sie saß am Arbeitstisch in der Küche, paffte Rauchkringel in die Luft und betrachtete den geöffneten Koffer voller Geldscheine.

Sie überlegte, was sie damit anfangen sollte. Das war schwierig. Umgekehrt war es einfacher. Sie wusste genau, was sie damit nicht tun würde. Sie interessierte sich weder für Autos, noch für Schmuck, oder gar Klamotten. Häuser, teure Urlaube, oder Spielbankbesuche waren auch nicht ihr Ding. Eigentlich interessierte sie sich für gar nichts, was Geld kostete. Sie unterhielt sie sich gerne. Deshalb war sie ja auch Wirtin geworden. Also was tun? Auf die Bank konnte sie die 500000 auch nicht bringen. Das war mindestens genauso verdächtig wie einen Ferrari zu kaufen. Außerdem hatte sie kein Vertrauen zu Banken.

„Was fer'n Kääs“, murmelte die Wirtin. „Hoste kää Geld, machste der en Kopp. Hoste Geld, machste der aach en Kopp!“

Sie nahm ein paar Scheine heraus, klappte den Koffer zu und stellte ihn wieder weg. Die Scheine würde sie morgen auf ihrem Geschäftskonto einzahlen und als Kneipenumsatz deklarieren. Wenn sie das weiterhin so tat, dann wäre das Konto irgendwann ausgeglichen.

„Los jetzt!“, trieb sie sich an und fing an, Kartoffelsalat zu machen. Beim Herumknorzeln in der winzigen Küche, stolperte sie dauernd über den blauen Müllsack, und trat gegen die Geige. „Was mach ich jetzt mit dem alde Krempel?“, fluchte sie.

Der Assistent stöhnte, Mittelstädt seufzte. Der Museumsleiter hatte der Polizei eine ellenlange Liste von Fassenachtern gegeben, die sich seit Christi Geburt mit dem Verein zerstritten hatten. Es waren oft diesselben, die als Denunzianten ihre Konkurrenten anschwärzten.

Mittelstädt bekam Herzschmerzen, als er sich das Gebabbel der Burschen anhörte. Lag, breit, kreuz und quer erzählten sie ihm, warum sie sich mit dem und jenem verkracht hatten. Meistens ging es um Geld oder verletzte Eitelkeiten oder gleich beides

Am besten war der bekannte Mainzer Fassenachter, der wie ein Irrer im Büro des Kommissars herumtobte und schrie: „De Pälzer war's!"

„De Pälzer" war ein Kabarettist, der erstens einem Comiteeler die Frau ausgespannt, und sich zweitens wegen Honorarstreitigkeiten mit einem Verein verkracht hatte.

„Das sind alles Wahnsinnige!", sagte Mittelstädt und floh eine Minute nach Feierabend aus dem Büro.

Vom Verein hatte er auch die Adresse einer ehemaligen Sekretärin erhalten, die damals Zugang zum Tresor hatte, aber schon seit 30 Jahren eine Kneipe betrieb. Weil er sowieso dort in der Nähe wohnte, ging er einfach hin.

„Hallo. Ich leite die Ermittlungen wegen dem Diebstahl aus dem Museum und habe ein paar Fragen. Wenn Ihnen das vor ihren Gästen unangenehm ist, dann machen wir einen Termin für tagsüber aus."

„Siehste hier Gäste?", fragte die Wirtin. Es war 18 Uhr. Sie war allein mit dem Kommissar.

Mittelstädt hatte sich schon lange daran gewöhnt, dass ältere Mainzer grundsätzlich jeden duzen, außer Menschen die sie nicht leiden können.

„Was willsten tringe?“

Er bestellte ein Pils und sah sich um. Es war die Art Kneipe mit dunklen Butzenscheiben, in denen sich sechzigjährige Mainzer wohlfühlten. Meenzer, die sich gerne mit dem Spruch „Bleib sauber unnerum“ verabschiedeten, wenn sie steifbeinig die Kneipe verließen.

„Sie waren früher die Sekretärin des Vereins und kannten die Safenummer?“

„Ei sischer. Abber dess iss dreißisch Jahr her.“

„Die Nummer war bis vor drei Tagen dieselbe.“

„Was fer Hutsimpel!“, lachte die Wirtin.

„Warum haben sie damals den Verein verlassen?“

„Ei, isch war sellemals de Machemoldessdo vom große Vorsitzende.“

Mittelstädt musste lachen. Der „Mach-emol-dess-do“, war die Mainzer Variante für den Deppen vom Dienst.

„Dann iss abber de neie Vorsitzende komme unn hot uffgeräumt. Mit dem hab isch nit so gut gekonnt, unn der wollt aach soi eischene Leit um sisch erum habbe.“

„Aha.“

„Desdewesche bin isch weg unn hab die Kneip gemacht. Unn ganz ehrlisch: Die Herrn Comiteeler sinn mir als ganz schee uff de Keks gange.“

„Wie das?“

„Ei Kommissar, dess kannste der doch denge. Die hatte all Weibergeschischte, unn isch musst die Ehefraue anlüsche. Von wesche Termine unn Beschpreschunge bis schpät in die Nacht unn son Käs.“

„Stimmt es eigentlich, dass der Verein damals ein Puff betrieb?“

„Ach, in Meenz wird immer viel Scheißdreck gebabbelt unn gern ibbertribbe."

„Wo waren sie in der Nacht von Sonntag auf Montag?"

„Dess saach isch der nit so gern."

„Das muss ich Sie aber fragen!"

Die Wirtin verzog etwas das Gesicht und sprach ein wenig leiser. „Sunndaachs hab isch Ruhedaach. Unn da bin isch mit em Pit, dess iss en Schtammgast von mir, mit dem in soi Gaadeheisje. Übber Nacht. Dess derf dem Pit soi Fraa aber nit wisse."

„Verstehe", sagte Mittelstädt und dachte: *alle Achtung in dem Alter.* „Überprüfen muss ich das aber trotzdem."

„Ich geb dir em Pit soi Dellefonnummer", sagte sie und schrieb ihm eine Telefonnummer auf.

„Ich werde das diskret behandeln", versprach der Kommissar und fragte: „Was denken Sie, wer die Sachen gestohlen haben könnte?"

Die Wirtin zuckte mit den Achseln. „Mit dene Fassenachter iss dess so ä Sach. Die sinn nit vorne wie hinne. Da gönnt kääner dem andere die Budder uffem Brot."

„Sie meinen also, dass ein Insider die Sachen gestohlen hat oder jemand beauftragt hat?"

„Vielleicht war dess aach son radigale Fassenachtsmuffel aus Wiesbade odder Norddeutschland."

„Also jemand wie ich", lachte Mittelstädt.

„Ei, fer Beischpiel."

Dann trudelten die ersten Gäste ein. Der Kommissar trank sein Bier aus und ging. *Nette Frau*, dachte er.

Erste Ergebnisse

Die Suche nach Verdächtigen zwischen Auto Fuhrmeister und dem „Körnereck“ in Mombach, zwischen Auto Can in Kastel und dem „Cafe am Hochhaus“ am Goetheplatz, war anstrengend. Aber nach drei Tagen hatten sie eine Spur.

„Wass issen dess do?“, fragte Karl und zeigte auf einen Schrotthaufen im Hof von Auto-Mann.

„Das war mal ein Porsche“, erklärte Herr Mann und erzählte. Vor drei Tagen war ein Typ mit einem Taxi vorgefahren und hatte zwei Sätze gesagt. Erstens „Isch hab Kohle geerbt!“ und zweitens „Isch will den Porsche!“

„Unn weider?“

„Dann ist der Typ wieder mit dem Taxi gekommen, hat den fast nagelneuen Porsche bar bezahlt und den Kaufvertrag unterschrieben. Drei Sekunden danach setzte er sich in sein Auto und fuhr los.“

„Unn weider?“

„Gestern brachte ein Abschleppdienst den Porsche zurück. Als Totalschaden. Der Käufer hat den Wagen besoffen zerlegt.“

„Dess iss unser Mann!“, sagte Karl Napp und rief Kegelbruder Binger Hansi an. Der hieß so, weil er aus Bingen kam. Hansi arbeitete immer noch bei der Polizei. Deshalb konnte er im Polizeicomputer nachsehen, nachdem ihm Karl das Kennzeichen durchgegeben hatte.

Der sportliche Porschefahrer hatte nicht gelogen. Er hatte tatsächlich geerbt. Im Moment lag er mit gebrochenem Bein in Unikrankenhaus und schmiedete neue Pläne, um sein Erbe sinnlos zu verjubeln.

„Scheiße“, sagte Karl Napp.

Dann hatte Herbert eine Spur. Es war ein Anruf aus der Kneipe „Zum Bonifatiusplatz“. Stammgast „Export-Manni“ schmiss neuerdings mit Geld um sich. Er gab jeden Abend Lokalrunden. Seitdem hatte er viele neue Freunde.

Karl und Herbert rasten in die Beize, gaben der Bedienung 50 Euro und warteten, bis Manni kam.

Um 20 Uhr kam er. Kaum Zähne im Mund, aber eine nagelneue Rolex am Handgelenk. Und im Schlepptau jede Menge durstiger Kumpane.

Um 21.30 Uhr war Manni sturzbesoffen. Als letztes Lebenszeichen zog er eine Benachrichtigung der rheinland-pfälzischen Lottogesellschaft aus der Hose und plärrte: „Da guck! 28 Dausent Euro. Im Loddo gewonne! Iss dess nit geil?“

Dann fiel er vom Barhocker.

„De Export-Bier-Manni war’s aach nit“, meinte Herbert und bestellte noch einen Sauergespritzten.

Auch die folgenden Ermittlungen im „Pilsstübchen am Neubrunnenplatz“ waren ergebnislos. Im „Gockel“: Fehlanzeige. Beim „Bierstop G1“: Null Ergebnisse. Danach waren sie so gefrustet, dass sie zu Faro ins „Bavaria“ am Bahnhof gingen. Auch dort fragten sie, ob es einen Gast gäbe, der über Nacht reich geworden sei: umsonst.

„Wie vum Erdbodde verschluckt“, lallte Karl Napp und schlief an der Theke ein.

200 Verdächtige!

„Das kann jeder getan haben. Vom Museumsdirektor bis zur Putzfrau. Streng genommen, kommt sogar jeder infrage, der auch nur einmal im Leben im Fassenachtsmuseum war.

„So isses“, bestätigte der Assistent.

Der Kommissar sah auf die Liste. „Also können wir vorläufig nichts tun, außer diese Liste abzuarbeiten.“

Der Assistent schnaufte gequält. Auf der Liste standen über 200 Namen. Aktuelle und ehemalige Mitglieder des Vereins, die irgendwie Zugang zum Museum hatten. Rot unterstrichen waren Mitglieder, die sich - aus welchen Gründen auch immer - mit der aktuellen Vereinsführung zerstritten hatten. Bei besonders unsympathischen Zeitgenossen achtete Mittelstädt darauf, dass sie gleichmäßig auf die beiden Kriminalen verteilt wurden. Bei strittigen Fällen wurden Hölzchen gezogen.

„Ha“, lachte der Assistent, „da fehlt noch der Cloon vom Kabarettarchiv.“

Auch der Kommissar musste grinsen. Im Fassenachtsmuseum integriert, gab es noch das „Kabarettarchiv“. Dessen ehemaliger Leiter hatte anscheinend so wenig zu tun gehabt, dass er während seiner Arbeitszeit aus Langeweile auf dem Diensttelefon für 14000 Euro Sex-Hotlines angerufen hatte. Deshalb entlassen, hatte er empört einen Arbeitsgerichtsprozess angestrengt, den er natürlich haushoch verloren hatte.

„Wer nimmt sich diesen Artisten vor?“, fragte der Kommissar und brach ein Streichholz durch.

„Och nää!“, brummelte der Assistent, als er das kürzere Hölzchen zog.

„Scheiß Krempel!“,

fluchte die Wirtin und trat gegen den blauen Müllsack neben dem Abfalleimer.

„Au!“, jammerte die Geige im Müllsack.

Der Müllsack war dauernd im Weg, weil die Kneipenküche lächerlich klein war.

„Iss doch egal“, murmelte die Wirtin und holte die alte Lederschürze aus dem Sack. Weil sie eh in der Küche Essen vorbreiten musste, band sie sich das Ding um die Hüfte und fing an, Zwiebeln zu schnibbeln. Heute gab es nämlich Hackbraten als Stammessen.

Als sie mit der Lederschürze in der winzigen Küche herumwuselte, blieb sie dauernd irgendwo hängen, weil das Museumsstück steif wie ein Brett war.

„Dir helf isch gleisch“, sagte die Wirtin und schmierte den alten Lederlappen mit Salatöl ein. Erstaunlich schnell wurde die Lederschürze geschmeidig. Als der Hackbraten im Ofen war, setzte sich die Wirtin hin, und rauchte eine Zigarette. Das machen Wirte viele so, seit Idioten das Rauchverbot in Gaststätten verordnet haben. Sie rauchen einfach in der Küche.

Die Wirtin rauchte und starrte auf den blauen Müllsack. Gut. Mit der Lederschürze von Ernst Nescher war etwas vernünftiges anzufangen. Man konnte damit in der Küche arbeiten und die Toiletten putzen. Aber was zum Teufel sollte sie mit der idiotischen Geige und den albernen Fassenachtsorden machen?

„Mal gucke“, lachte die Wirtin. Sie heftete sich ein paar alte Orden an die Brust, setzte eine antike Nappenkappe auf den Kopf und marschierte im Stechschritt durch die leere Kneipe. Dazu machte sie Katzenmusik auf der alten Geige, also dasselbe, was Geigerfränzje immer getan hatte. Nach ein paar Versuchen bekam sie sogar so etwas wie die „Narhallamarsch“- Melodie hin.

„Ritz am Bää“ lachte die Wirtin, und marschierte im Kreis, „Ritz am Bää, morsche iss kä Fassenacht määh“.

Als ihre „dolle fümf Minudde“ vorbei waren, warf sie den ganzen Plunder wieder in den Müllsack, steckte sich eine Zigarette an und dachte nach.

Einerseits hatte sie es nicht mehr nötig, den Krempel zu versilbern. Aber andererseits? Es wäre doch witzisch in der Zeitung zu lesen, dass die unbekannten Diebe Geld für die Rückgabe der gestohlenen Dinge forderten. Aber auf diese schlaue Idee kamen inzwischen auch andere.

Trittbrettfahrer

Bolle: „Dschango?“

Dschango: „Hä?“

Bolle: „Dschango, ich weiß, wie wir Kohle abgreifen können!“

Dschango: „Wie?“

Bolle: „Wir tun einfach so, als hätten wir den Kram aus dem Carnevalsmuseum geklaut!“

„In Meenz hääßt dess Fassenacht, du Kardoffel“

Bolle: „Iss doch scheißegal! Wir tun einfach so, als ...“

Dschango: „Dess hääßt Fassenacht! Du Kardoffel.“

Dschango war allgemein etwas schwer von Begriff. Heute war er aber besonders schwer von Begriff, weil weil er 12 Pils und neun „Hütscher“ auf dem Deckel hatte. Deshalb dauerte es eine Weile, bis er kapierte. Als er aber kapiert hatte, was Freund Bolle eigentlich wollte, war er sofort mit Feuereifer dabei.

Bolle: „Geht der Drucker von deinem Computer?“

Dschango: „Isch hab kään Drugger."
Bolle: „Wieso?"
Dschango: „Wann isch Porno's uffem Kombjuder gucke will, wozu brauch isch dann en Drugger?"
Bolle ließ sich vom Wirt ein Blatt Papier, einen Umschlag und einen Stift geben. Dann gingen sie von der Theke weg und setzten sich hinten in der Ecke an einen Tisch.
Bolle: „Wir schreiben in Druckbuchstaben, damit die Handschrift nicht zu erkennen ist."
Dschango: „Subber, du Kardoffel"
Bolle: „Wieviel Nullen hat die Zahl Zehntausend?"
Dschango: „Äh, fümf Nuller, glaab isch."
Bolle: „Wie schreibt man Karnewalls- nein Fasenachtorten?"
Dschango: „Ei, so wie mers schprescht, du Kardoffel!"
Bolle: „So einfach?"
Dschango: „Ejh! Wertschaft! Noch zwä Pils!"
Dann torkelten sie zur Hauptpost, zogen am Automat eine Briefmarke und warfen den Brief ein. Anschließend torkelten sie ins „Bavaria" und stritten lautstark um die Verteilung der Beute.

Es war nur der Aufmerksamkeit eines Postmitarbeiters zu verdanken, dass der Brief überhaupt richtig sortiert und zugestellt wurde. Er war ohne Postleitzahl adressiert „An dass Fase Nachts Museum im Profi Antammt".
Die unbekannten Täter forderten „10000 Euro für di Zurügebung von Schürtze, Keige und den gansen Fasenachtz-Orten".
Der Museumsleiter brachte den Unfug aufgeregt zur SOKO Helau.

„Womit habe ich das verdient?“, stöhnte Kommissar Mittelstädt gequält.

Noch ein Trittbrettfahrer versuchte mit einem ähnlichen Brief „Kohle zu mache.“ Er forderte genau 1537 Euro, das war wahrscheinlich die Summe, mit der er sein Konto überzogen hatte. Außerdem wollte er, dass das Geld per Hubschrauber nachts, genau bei Rheinkilometer 499, über der Maaraue abgeworfen wurde. Wahrscheinlich war er ein Kostheimer Angler, weil genau an der Stelle immer Angler saßen. Männer in Tarnanzügen und mit riesigen Kampfmessern, die sie brauchten, um die Bierflaschen zu öffnen, die sie kistenweise zu Rheinkilometer 499 schleppten. Der Kommissar wusste das so genau, weil er am Wochenende mit seinem Hund auf der Maaraue spazieren ging.

Mittelstädt warf den Stuss in den Mülleimer und befahl, dass Polizeistreifen öfters am Proviantamt nach dem rechten sehen sollten. Er hoffte, dass der Unfug aufhören würde. Aber da hatte er sich getäuscht.

Der Gipfel des Blödsinns war erreicht, als die Beamten drei betrunkene Nachwuchspunker abfingen, die einen Brief einwarfen, in dem sie 10 Kasten Bier und 100 Gramm Cannabis für die Lederschürze, die Geige und sämtliche Orden forderten.

Die Polizei fuhr die drei Minderjährigen zu ihren Eltern, wobei ein Mädchen in den blauen Bus kotzte. Zuhause gab es das übliche Erstaunen, als der Herr Universitätsprofessor, die Oberstudienrätin und der Landtagsabgeordnete ihre Zöglinge in Empfang nahmen. Der Professor nahm sich einen Anwalt, weil er die Reinigungskosten für den Polizeiwagen nicht bezahlen wollte.

„Womit hab ich das verdient?“, fragte der Kommissar.

Kopfgeldjäger

„Gibt's neue Erkenntnisse?", fragte Brezelmüller nervös ins Telefon.

„Eher wenischer", sagte der Detektiv. „Alldieweil ..."

„Scheiße!", fluchte der Pate und knallte den Hörer auf.

„Dess gibt's doch nit!", brüllte Fleischworschttoni. „Die Bolizei wääß nix! Kall Napp wääß nix! Isch wääß nix! Wo iss unsern Bimbes?!"

Toni war normalerweise immer gut gelaunt und geil. Eigentlich eine richtige Frohnatur, der führende Vertreter der Meenzer Fleischworschterotik. Aber jetzt war Schluss mit lustig. Der Gedanke, dass irgend jemand sein sauer verdientes Schwarzgeld verjubelte, machte ihn krank vor Wut. „Isch hab schon seit ääner Woch nit mehr geberscht!", zischte er. „So ferdisch macht misch dess!"

Auch Hohlblockfriedel war mit den Nerven am Ende: „Dadefür schaff isch misch krumm unn buckelisch", jammerte er. „Damit son Dreckarsch moi Geld klaut!"

„Auch isch bin ...", fing Grieser an.

„Grieser halt doi Maul!", zischte Toni.

Der Bauunternehmer erging sich in furchtbare Mordphantasien. „Zuerst schneid isch dem Drecksack de Schwanz ab. Dann schlaach isch en mit de Schipp dot. Dann du isch en oibedoniere, unn dann ..."

Genosse Nobby sagte melancholisch: „Von meinem Anteil wollte isch mir eine Sammlung edler Rotweine zusammenschtellen. Mit Chateau-Lafitte, Petrus und ..."

Brezelmüller: „Mir reichts! Ich setze jetzt 30000 Euro Kopfgeld aus!"

„Das ist ja wie bei der Mafia", wunderte sich Grieser.

Toni: „Grieser, halt doi Maul!"

Brezelmüller: „Wen sollen wir rufen?"

Toni dachte ein wenig nach und sagte: „De Knoche unn de Tschonnie!“

„Das sind die richtigen“, stimmte der Pate zu.

„De Knoche“ und „Jonny“ waren zwei legendäre Mainzer Geldeintreiber. Der Knochen hieß so, weil er knochenhart war. Eigentlich arbeitete er als Türsteher im Puff am Bahnhof. Dort war er einmal ohne Anlauf durch die geschlossene Eingangstür gesprungen, weil man auf ihn geschossen hatte. Einfach so! Durch die geschlossene Tür. Niemand konnte erklären, wie er das geschafft hatte.

Ansonsten arbeitete er zusammen mit seinem Freund Johnny als Inkassofirma auf Provisionsbasis. Wenn wieder ein Artist von der Mainzer Fenstermafia in der „Tangente Jour“ Geld verzockt hatte, und seine Spielschulden nicht bezahlen konnte, dann kamen der Knochen und Johnny. Wenn die beiden auftauchten, dann konnten alle sofort zahlen. Der Knochen hätte das auch alleine gekonnt, aber er redete nicht gerne. Deshalb war immer Babbelkopp Johnny dabei.

„Mit so jemand will isch aber offiziell nischts zu tun haben“, sagte Genosse Nobby ängstlich.

„Juristisch ist das nicht ganz einwandfrei“, gab der Ölprinz zu bedenken

Grieser: „Auch isch muss misch mit aller Entschiedenheit von solchen Methoden distanzieren und ...“

„Grieser, halt doi Maul!“, zischte Toni.

„Bratworscht iss die Grundlage der abendländischen Kochkuldur“,

murmelte die Wirtin. Deshalb gab es heute Bratwurst mit Bratkartoffeln. Zur Vorbereitung schälte sie Kartoffeln. Aber sie war mit den Gedanken nicht bei der Sache. Also wischte sie ihre Hände an der Lederschürze ab, steckte sich eine Kippe an und dachte nach.

Schritt eins war völlig klar. Sie zog Einweghandschuhe an, schnappte den Schnitzelklopfer aus Metall und schlug damit einen alten Fassenachtsorden platt. Bumm! Bumm! Bumm! Schritt zwei war auch klar. Den Schrott musste sie jetzt an das Museum schicken, damit die Herren sahen, dass es Ernst war. Schritt drei: Geld fordern und dabei die Übergaberegeln festlegen. Aber wieviel Geld sollte sie fordern und vor allem: welche Übergaberegeln sollte sie festlegen?

„Wenn de als ibber son Scheißdreck nachdengst“, brummte die Wirtin, „dann werste depp im Kopp!“

Deshalb packte sie den Schrottorden ein und wollte zu ihrem Auto gehen. Schon auf der Straße, fiel ihr auf, dass sie immer noch die Lederschürze von Ernst Nescher trug. Sie ging wieder zurück und warf den Lederlappen in die Küche. Dann fuhr sie los. „Meedsche, da musste uffbasse wie en Luchs!“, ermahnte sie sich.

Sie musste sowieso in die Metro nach Kastel zum Einkaufen. Also kaufte sie Krempel für die Kneipe und eingeschweißte DIN A5 Briefumschläge. Zurück im Auto, zog sie Handschuhe an, steckte den Orden in einen Umschlag und schrieb mit Kuli die Adresse des Museums darauf. Den Brief warf sie in einen Postbriefkasten. Punkt 17 Uhr schloss sie die Kneipe auf.

„Nicht schon wieder!“,

stöhnte Franky, als er die Nummer im Display sah.

Karl krähte ins Telefon: „Nä Brezelmüller. Mir schaffe Daach unn Nacht, abber es gibt nix Neies! Außerdem ...“

Brezelmüller: „Wo kann ich den Knochen und Johnny erreichen?“

Karl: „De Knoche unn de Tschonni? Was willste dann von dene Artiste?“

„Ich will ein Kopfgeld von 30000 Euro aussetzen!“

Karl: „De Knoche iss vor 10 Jahr an Knochekrebs geschtorbe. Unn wo de Tschonni grad hockt, wääß isch nit. Ruf emol in Butzbach, Dietz, Weiderschtadt odder sunst wo an!“

„Scheiße!“, brullte Brezelmüller und knallte den Hörer auf. Er war vor allem wütend auf sich selbst. Weil er meistens beim In-Italiener in der Augustinerstraße herumlungerte, kannte er nicht mehr die richtigen Leute in Mainz.

„Jetzt dreht die Handkäsmafia ganz dorsch“, sagte Karl Napp und machte die Scheibenwischerbewegung.

„Wer gibt?“, fragte Herbert.

„Ich“, sagte Franky und mischte Karten.

Karl: „In Mumbach hat sich emol ääner dotgemischt.“

Herbert: „Schippe iss Trump!“

Franky: „Schon wieder!“

Die drei Detektive spielten Schafskopf. Damit Dackel Rudi auch etwas zu tun hatte, warf Herbert ab und zu einen Bierdeckel durch das Büro. Rudi schnappte dann das Ding in der Luft, bellte wie blöde und zerriss den Deckel. Deshalb sah der ganze Boden aus wie Sau.

Heute hatten sie ihre Ruhe. Erna war bei Karls Mutter.

„Die Drecksau, die dreggisch!“,

heulte der aufgelöste Museumsleiter. „Macht den scheene Orde kabutt!“ Mit zitternden Händen hielt er dem Kommissar einen zerbeulten Orden unter die Nase.

„Ist das einer der gestohlenen Fassenachtsorden?“, fragte Mittelstädt.

„Ei sischer“, schnaufte der Mann. „Dess iss en Orischinal von 1842. Sellemols hot ...“

Mittelstädt sah auf seine Armbanduhr und hörte sich genau sieben Minuten und 38 Sekunden lang die Geschichte dieses einzigartigen Ordens an. Ein unersetzliches Dokument der Mainzer Kulturgeschichte. Aber jetzt war es plattgeklopft, das alte Stück Blech.

„Isch reesch mich so uff! Kommissar, isch ...“

„Zumindest hat sich jetzt der echte Dieb gemeldet“, sagte der Kommissar. „Damit sind wir einen Schritt weiter.“

„Abber warum muss der Dreckarsch den scheene Orden kabutt mache?!“, rief der Museumsleiter fassungslos.

„Um zu zeigen, dass er es ernst meint“, meinte der Kommissar.

„Fer wass?! Was määnt der ernst?!“

„Entweder handelt es sich um einen fanatischen Fassenachtshasser. Dann will er sämtliche entwendeten Gegenstände aus Hass zerstören.“

„Um Goddes Wille!!“

„Oder er will Geld. Dann schickt er als nächstes einen Erpresserbrief.“

„Wie soll ich ...?“

„Ab jetzt sollten sie sämtliche Post ans Museum nur mit Handschuhen öffnen, um keine Fingerabdrücke zu verwischen. Noch besser. Wenn Ihnen Post verdächtig erscheint; nicht öffnen, sondern uns rufen!“

„Ei guud, abber isch ...“

„Gibt es auch einen Umschlag, oder ein Päckchen, mit dem der Orden im Museum ankam?“

„Hä?“

Assistent: „Iss der Orden nackisch, odder iss er in eme Umschlaach komme?“

„Ach so“, sagte der Museumsleiter und zog einen zerknüllten Din-A5-Umschlag aus seiner Tasche. Der Umschlag war frankiert. Die Adresse des Museums war mit Kugelschreiber in Druckbuchstaben geschrieben. Als Absender stand da: „Fränzje Geiger, Helaugasse 11, 11111 Narhalla.“

„Hihi!“, kicherte der dicke Assistent.

„Was gibt’s en da so bleed zu lache!“, fragte der Museumsleiter empört.

Der Kommissar packte Orden und Umschlag in eine Plastiktüte. Sollten sich die Experten darum kümmern.

Die Analyse der Beweisstücke ergab nichts. Fast nichts. Nur soviel stand fest. Der Orden wurde mit einem hammerartigen Gegenstand zertrümmert. Die Schlagfläche dieses Gegenstandes war nicht glatt, sondern gezackt.

„Was könnte das sein?“, fragte der Kommissar.

„Ein Fleischklopfer aus Metall“, sagte der Mann von der Spurensicherung und ergänzte: „Auf die Idee hat mich meine Freundin gebracht. Die kocht gerne.“

„Wieviel Metallschnitzelklopfer gibt es in Deutschland?“, fragte der Kommissar.

„E paar hunnertdausent?“

Kommissar: „Damit engen wir den Täterkreis ein.“

Bäck, der Casinoschreck

Karl arbeitete tapfer seine Liste ab. Zuerst dackelte er ins „Gartefeldeck“ am Sömmerringplatz. Dort musste er feststellen, dass der alte Wirt gestorben war. Sein Sohn führte jetzt die Kneipe. Aber irgend einen Gast, der plötzlich mit Geld um sich warf, gab es nicht. Karl hinterließ seine Telefonnummer und zog 100 Meter weiter ins „Krokodil“, um den dünnen Mann mit der lauten Stimme zu suchen. Im Krokodil gab es zwei Möglichkeiten. Entweder war er da, weil er frei hatte. Oder er war nicht da, weil er im Mainzer Spielcasino arbeitete.

Heute hatte er frei. Karl hörte von draußen die Stimme.

„Wääste! Hier! Määnste, isch ...“

Karl: „Guude, isch wollt emol wisse, ob ...“

„Hier! Warum willste dess wisse?!“

Karl erklärte, dass er den Fassenachtsdieb suche. Deshalb wollte er wissen, ob es seit neustem einen Gast auf der Spielbank gebe, der mit Geld um sich werfe.

„Ei sischer. Hier! Es gibt Bäck, de Casinoschreck.“

Der Mann war der Alptraum aller Spielbankangestellten. Tagsüber stand er in der Mainzer Innenstadt und verkaufte geröstete Maronen. Seit neustem aber brachte er abends Geld in Plastiktüten auf die Spielbank, verspielte es hektisch und laberte allen Angestellten die Ohren voll. Er hatte ein todsicheres System; behauptete er jedenfalls.

„Dess iss moin Mann!“, behauptete Karl hocherfreut.

„Hier! Vergiss es! Der hot Geld von seiner Tante geerbt.“

Karl musste sofort an den Porschefahrer denken. Es war ein wahres Kreuz mit Deutschlands degenerierter Erbengeneration. Also zog er weiter und suchte den Täter in der Bar „Chez Cherie“, wo er Herbert treffen wollte.

Mombach, Waldfriedhof, 11 Uhr

Der Pfarrer gab sich wenig Mühe. Vielleicht war er auch unsicher. Die Trauergemeinde bestand aus wenig Familie und viel Kneipenbekanntschaft. Der Prediger predigte nur unverbindliches Larifari, ohne etwas zu sagen.

Als alle am Grab standen, übernahm die Wirtin das Kommando. Sie hielt eine kurze Rede: „Also guud, du Hutsimpel. Jetzt bisde doot. Mer soll ibber Doode nix schleschtes saache, abber du bist mir als ganz schee uff de Keks gange!"

„Dess schtimmt!", sagte ein Trauergast. „Dem hoste zisch mal Lokalverbot gebbe, abber er iss als widderkomme!"

„Du bist alle uff de Keks gange!", beharrte die Wirtin.

„Genau!", rief die Trauergemeinde im Chor.

„Mit fünf Sauergeschpritzde im Kopp warste en goldische Knopp!", rief die Wirtin zum Himmel.

„So isses!", rief die Ferzjetrauergemeinde verzückt im Chor.

„Unn zwää Schoppe schpäter hätt isch Disch an die Wand klatsche kenne!"

„Isch aach!", rief Horst und plärrte: „Wääste noch, wie der Depp mir ...?"

„Halt de Schnabbel!", befahl die Wirtin und fragte den Toten: „Wääste, wie mir dess uff die Erbs gange iss, weil du als gesaacht host: „Gnädige Frau. Hätten Sie die Güte mit mir schlafen zu wollen?"

„Haha!", lachten alle Stammgäste, obwohl Ihnen des Verstorbenen Geschwätz zu seinen Lebzeiten genau so auf den Keks ging, wie der Wirtin. Der Tote war ein Norddeutscher gewesen, der sich, warum auch immer, im Ferzje totgesoffen hatte.

„Deshalb singe mir jetzt doi Lied“, befahl die Wirtin.

„Siehste nit die Wutz im Garte, wie se an die Ladde brunzt“, sang der Knerzjechor auf dem Mombacher Waldfriedhof. Manche drückten sich dabei eine Träne weg, andere heulten. Der zugezogene Pfarrer schämte sich, vor allem verstand er nicht den Text.

Als sie gesungen hatten, zog die Wirtin eine Flasche Jägermeister und Gläser aus ihrem Rucksack. Sie verteilte die Gläser und füllte sie. Lena bekam Schluckauf, fiel beinahe ins Grab und verschüttete ihren Schnaps. Die Wirtin schenkte nach. Dann tranken alle.

„Prost!“, sagte die Wirtin und warf ihr Glas ins Grab.

Da sagten alle „Prost“ warfen alle ihre Gläser ins Grab.

„Ferdisch!“, sagte die Wirtin und dirigierte die Gäste mit dem gemieteten Kleinbus zur Trauerfeier ins Ferzje. Dort löste sich die beklommene Stimmung.

„Gibt's hier kään Krimmelkuche mit Kaffee?“, fragte ein Trauernder.

„Host Du was an de Erbs?“ fragte die Wirtin und schmierte belegte Brötchen. Vor allem erteilte sie Raucherlaubnis. „Geschlossene Gesellschaft wegen Trauerfeier!“, schrieb sie an die Tür.

„Dess war ä schee Beerdischung“, lallte der letzte Gast, als er hinaustorkelte. Es war 20 Uhr.

Die Wirtin schloss die Kneipe ab und dachte nach. Sie wusste immer noch nicht, wie sie die Geldübergabe organisieren sollte. Deshalb ging sie am Rhein spazieren.

Auf der Theodor-Heuss-Brücke starrte sie ins Wasser. Da raste unter ihr ein wahnsinniger Motorbootfahrer durch den Brückenbogen und brüllte hoch: „Isch bin widder ganz weit vorne!“

Plötzlich kam der Wirtin eine Idee: „Genau dess isses!“

„Scheff!“,

schnaufte der dicke Assistent, als er kurz vor Feierabend ins Büro kam. „Der Umschlag iss in Kassel oigeworfe worn!“

Der Dicke hatte Stunden auf der Mainzer Post verbracht. Er hatte mit dem Briefträger gesprochen, der den Umschlag im Museum zugestellt hatte. Er war in der Sortieranlage gewesen. Er hatte mit dem Fahrer geredet, der Briefkästen leerte, und im Sortierzentrum ablieferte.

Der Weg des Umschlags war deshalb so gut nachzuvollziehen, weil dem Fahrer beim Leeren des Briefkastens alle Briefe in den Dreck gefallen waren. Jedenfalls war der Umschlag in Kastel in der Bölkestraße in einen Briefkasten geworfen worden.

Kommissar: „Wir suchen einen Täter mit Schnitzelklopfer, der seine Briefe in Kastel abschickt. Vielleicht, weil er in Kastel arbeitet, oder da wohnt. Oder er ist extra nach Kastel gefahren, um seine Spuren zu verwischen.“

„Genau!“, stimmte der Assistent zu. „Vielleicht iss unser Mann von Beruf Koch.“

„Wieso?“

„Weil er den Orde mit eme Schnitzelklopper platt gekloppt hot. Jeder Koch hot en Schnitzelklopper. Unn der Briefkaste in Kastel iss in de Näh vun de Metro. Alle Kneiper unn Köche kaufe in de Metro oi.“

„Beeindruckend“, sagte der Kommissar.

Assi: „Isch mach jetzt Feierabend unn geh was esse. Hab Hunger wie die Sau.“

„Mahlzeit“, wünschte der Kommissar.

In der Bar „Chez Cherie“

„Guude“ , sagte Karl Napp, tastete sich im Halbdunkel an die Theke und bestellte ein Pils zum Freundschaftspreis, weil er die Chefin kannte. Sie war im selben Kegelclub wie er. „Iss die Scheffin da?“

Barfrau: „Nein. Rosi ist einkaufen.“

„Dann wart isch so lang“, sagte Karl und grinste.

„Sche tääm“, stöhnte Jane Birkin aus den Boxen der Bar, die wie immer in schummriges Rotlicht getaucht war. Nur über der Theke war die Beleuchtung etwas besser. Hinter der Theke spülte und putzte eine gelangweilte Barfrau Gläser. Vor der Theke saß eine halbnackte Kollegin und hörte sich das dumme Gebabbel des einzigen Gastes an

„Das ist mein Haus!“, erklärte der Mann und zeigte dem Barmädchen ein Foto auf seinem protzigen Handy. Auf dem Foto sah man ein protziges Haus.

„Toll“, heuchelte das Barmädchen Begeisterung. Sie war neu in diesem Geschäft, begriff aber schon die Nachteile dieses ehrenwerten Berufes. Egal, was für ein Blech solche Männer erzählen, Barfrauen müssen ihnen immer geduldig zuhören.

„Das ist mein Wagen!“, erklärte der Mann und zeigte ein Foto seines protzigen Autos.

„Super“, heuchelte das Barmädchen.

Der Mann wandte sich an Karl. „Hallo. Haben Sie auch geschäftlich in Mainz zu tun?“

„Ei sischer“, sagte Hausmeister Karl. „Isch bin de oberste Fasilitimänätscher bei der Immobilie-Unternehmensgruppe Erna Napp.“

„Ah ja“, sagte der Mann todernst und gab Karl seine Visitenkarte.

Karl versuchte die Visitenkarte zu lesen, obwohl er seine Lesebrille nicht dabei hatte. Aber auch mit Brille hätte er sie nicht lesen können. „Management-Senior-Consultant“ und was für ein Käse da drauf stand.

„Das ist mein Boot!“, sagte der Mann zu der Frau und zeigte ein Foto von einer Motorjacht.

„Geiles Boot“, log das Barmädchen.

„18 Meter lang“, erklärte der Mann. „Zweierdoppelturbine mit je 400 PS und ...“

Da klingelte das Handy des wichtigen Mannes und er ging nach draußen, um ungestört telefonieren zu können.

„Uff“, stöhnte die Barfrau genervt.

Karl malte mit Kuli einen Penis auf seinen Bierdeckel und hielt ihn hoch. „Dess iss moin Bibbes. Dreißisch Zendimeter lag. Mit Doppelklickerantrieb unn ...“

Aber da kam der Depp wieder und laberte weiter. „Das ist meine Familie!“, sagte der Mann und zeigte ein Foto von seiner Frau und seinen Kindern.

Halt doch endlich dein Maul!, dachte das Barmädchen und schaffte es mit übermenschlicher Kraftanstrengung dem Gefasel des Wichtigtuers zuzuhören. Jetzt fing er an zu erzählen, was für wichtige Menschen er persönlich kannte, und was für ...

Während er erzählte, zeigte Karl hinter dem Rücken des Angebers immer wieder auf seinen Bierdeckel. Die Frau hinter der Theke musste sich das Lachen verbeißen.

Da ging plötzlich die Tür auf. Chefin Rosi kam. Eine kräftige Frau um die Fünfzig, die auf hochhackigen Schuhen fluchend eine Kiste voller Spirituosen hereinschleppte, und scheppernd auf die Theke knallte.

„Scheiß Euro!“, maulte sie. „Vun wesche kä Inflazion! Fer denselbe Preis in Demark hab isch frieher dobbelt so viel Schnaps fer's halbe Geld kaaft.“

Dann zeigte sie auf die Tür: „Pfft!“, pfiff sie. „Drausse im Audo schtehe noch zwää Kiste!“

Die beiden Barfrauen ließen den Gast im Stich und flitzten nach draußen, um die Getränke zu holen.

Derweil zog Rosi hinter der Theke ihre Bluse aus, zoppelte ihr gewaltiges Dekolltee in die Reihe und kontrollierte gleichzeitig das Kassenbuch.

„Was fer’n Scheißdreck!“, fauchte sie. Laut Kassenbuch war der einzige Gast seit drei Stunden in der Bar und hatte genau ein kleines Pils getrunken.

Als die Mädchen die Getränke hereingeschleppt hatten, fing der Depp wieder an, mit seinen unglaublichen Erfolgen und Reichtümern zu prahlen.

Rosi platzte: „Saach emal, bist du depp? Meenste, dess hier iss die Bahnhofsmission?!“

„Äh, wie meinen Sie ...“

„Hier wird gesoffe, odder geberscht, abber uff jeden Fall Umsatz gemacht!“

„Äh, das geht ja wohl ...“

„Mach disch vom Acker!“, zischte Rosi, und warf den Idioten raus.

Karl fragte seine Kegelfreundin, ob sie in letzter Zeit einen Gast hätte, der mit vollen Händen Geld ausgab.

„Nä“, sagte Rosi schlecht gelaunt. „Hier gibt’s nur noch Scheißdrecksbabbler, die sich drei Schtund an ääm klääne Pilsje festhalte.“

Dann kam der dicke Meisterdetektiv Herbert. Er hatte auch keine Ergebnisse vorzuweisen, aber Durst. Als er nach dem fünften Bier sein Gebiss auf die Theke legte, weil es am Gaumen unangenehm drückte, hatte Rosie genug.

„Raus, ihr Freibiergesichter!“

„Isch bin widder ganz vorne!“,

rief der Mann und gab Vollgas. Wie ein Idiot raste er mit dem hässlichen Protzboot zwischen der Theodor-Heuss- und der Eisenbahnbrücke hin und her. Ziel der Übung: Möglichst viele Menschen sollten ihn sehen und hören. Und weil ihm das soviel Spaß machte, deshalb zog er noch eine Nase voll Koks und trank noch einen Wodka-Red-Bull und gab noch mehr Vollgas.

„Isch bin widder ganz weit vorne!“, brüllte der Irre lachend. Ganz weit vorne, das bedeutete, dass er wieder in der Lage war, zu koksen bis die Nase triefte, und eine ganze Tankfüllung Sprit für ein gemietetes Sportboot zu verbraten.

„Iss dess geil?!“, brüllte er begeistert.

„Supergeil“, schrie die Tussi neben ihm.

„Rrrrooommm“, dröhnte der Bootsmotor.

„Wass fer'n Arschloch!“, fluchten hunderte Menschen auf beiden Rheinufern.

Der Bootfahrer war eine stadtbekannte Mainzer Nervensäge. Wenn er in der Augustinerstraße dröhnende Vorträge über seine Millionengeschäfte hielt, dann hörte man das Echo bis zum Dom.

Deshalb musste er heute unbedingt Boot fahren. Unbedingt, weil an der Strandbar auf dem Mainzer Rheinufer, und an der Bastion auf der Kasteller Seite viele Menschen waren, die sich über den lärmenden Deppen dazwischen aufregten.

Der Mann musste so dick auftragen. Er wollte Gerüchten entgegentreten, dass er pleite sei. Als es dunkel wurde, fuhr er mit dem letzten Tropfen Sprit in den Winterhafen.

Im Hafeneck

„Jetzt gehe mir ins Hafeeck!“, befahl der Oberdetektiv, als sie aus der Bar flogen.

„Warum?“, fragte Herbert.

„Weil isch en Verdacht hab“, sagte Karl Napp. Im Hafeneck gab es immer eine Konkurrenzveranstaltung zur unsäglichen Fernsehsitzung „Määnz bleibt Määnz“. Die Kneipenfassenacht hieß RAF-Sitzung, weil da die Rote-Armee-Fassenacht gefeiert wurde, organisiert vom SFK, vom Stalinistischen Fassenachtskomitee, einer Geheimabteilung der RHF, der Rheinhessischen Befreiungsfront. Da konnte es doch gut sein, dass diese Artisten aus einer Schnapslaune heraus den Tresor vom Fassenachtsmuseum geplündert hatten.

„Guude, du Hutsimpel!“, grölte der rothaarige Wirt, und erzählte, dass ihm das Ordnungsamt eine Fortbildung über „die deutsche Hackfleischverordnung“ beschert hatte. Er schilderte, wie 30 altgediente Mainzer Wirte im Sitzen schliefen, während vorne ein Schlaumeier einen vierstündigen Vortrag über die neuesten Bestimmungen der Hackfleischverordnung hielt.

„Son Scheiß kost misch 120 Euro!“, maulte der Wirt. Unn dess an moim freie Daach!“

„Arm Sau!“, sagte Karl mitfühlend.

Gerade in Fahrt, erzählte der Wirt die Geschichte von seinem Biergartenprojekt. Der zuständige Dezernent hatte ihm allen Ernstes vorgeschlagen, er könne ja einen Biergarten 100 Meter weiter am Rheinufer betreiben.

Karl verschluckte sich vor Lachen, wenn er sich vorstellte, dass eine Bedienung 100 Meter vom Hafeneck bis in den Biergarten und 100 Meter zurück flitzen musste, um Essen und Getränke zu servieren. Da konnte man genauso gut Marathon rennen. Aber selbst im Dauerlauf würde das Bier lauwarm und das Essen kalt werden.

„Mit so Theorediger hastes hier de ganze Daach zu tue“, schüttelte der Wirt den Kopf.

Dann war aber Schluss mit unerfreulichen Themen. Der gute Hasch kam in die Kneipe und behauptete, er sei so stark, dass er die ganze Theke hochheben könne.

„Quatsch!“, lachte Karl Napp.

„Angebber!“, meinte der Wirt und wettete um eine Runde Schnaps.

Eine Sekunde später hatte Hasch die Platte von der Theke hochgerissen. Getränke und Gläser flogen durch die Kneipe. Der Übeltäter war am meisten erschrocken.

„Dess glaab isch nit!“, sagte der Wirt fassungslos und gab eine Runde Schnaps aus. Hasch gab auch Runden aus, um den Schaden wieder gutzumachen. Nach der fünften Runde kam sogar der Hauptverdächtige. Der Vorsitzende des Stalinistischen Fassenachtskommittees, gleichzeitig Sitzungspräsident der RAF-Fassenacht.

„Du warst dess!“, lallte Karl. „Du host es Scherzje vum Ernst Nescher geklaut!“

„Geb's zu!“, forderte Herbert Dickmilch.

Aber selbst im Kreuzverhör war der Präsident nicht zu erschüttern. Auch der Wirt zuckte mit keiner Wimper, sondern sang als Unschuldsbeweis „es Gänsje“. Er war nämlich ein großer Fan vom alten Ernst. Und der Präsident schwor bei der Gesichtswarze von Lemmy, dass er es nicht getan habe.

„Die sinn dess nit gewese!“, lallte Karl überzeugt und bestellte noch eine Runde Schnaps.

„Alles Rodscher“, stimmte Herbert zu und stellte für heute sämtliche Ermittlungen ein.

„Wie mach isch en dess jetzt genau?“,

murmelte die Wirtin. Sie saß in der Kneipenküche, rauchte und brütete. Zwischendurch schnibbelte sie Gulasch und rollte unter der Achselhöhle Klöße. So schmecken sie am besten. Da fand sie die Lösung.

Letztes Jahr hatte ein Stammgast einen Deckel über 500 Euro zusammengesoffen, weil er gerade unglücklich geschieden wurde. Zur Bezahlung hatte er das Lieblingsspielzeug seiner Exfrau geklaut und der Wirtin überlassen, um seine Schulden zu bezahlen. Danach war er nie wieder in der Kneipe aufgetaucht.

„Dess isses!“, sagte die Wirtin.

Eine Stunde später stand sie neben dem Kostheimer Weinprobierstand am Mainufer. Es war gar nicht schwer. Drehte sie den Stick nach rechts, dann fuhr das ferngesteuerte Spielzeugboot nach Steuerbord. Drehte sie nach links, fuhr das „Schiffschebootsche“ nach Backbord. Probleme gab es nur, wenn ein echtes Boot vorbeirauschte. Dann schaukelte das Spielzeug bedrohlich.

„Da musste achtbasse!“, ermahnte sich die Wirtin. Sie belud das Boot mit verschieden schweren Paketen, die sie in der Kneipenküche abgewogen hatte. Sie ließ das Gefährt zum anderen Ufer und zurück sausen. Danach war klar, wie schwer man das Boot beladen konnte, und wie die Batterieleistung einzuschätzen war.

„Morsche probier isch dess Bootsche uffem Rhoi aus“, entschied die Wirtin. Der Rhein war breiter als der Main und die Strömung war stärker.

Dann fuhr sie nach Wiesbaden. Sie kaufte Akkus für das Modellboot und warf bei der Hauptpost einen Umschlag ein. Punkt 17 Uhr öffnete sie ihre Kneipe.

„Dess war'n Wiesbadener!",

rief der Museumsleiter wütend und hielt dem Kommissar einen zertrümmerten Orden unter die Nase. „Wiesbadener war'n dess!"

„Ganz ruhig", sagte der Kommissar und fragte: „Ist das auch einer der gestohlenen Orden?"

„Ei sischer", sagte der Museumsleiter aufgeregt. „Dess iss en Orden vun 1839. Damals hot ..."

Mittelstädt sah auf seine Armbanduhr und hörte sich genau sechs Minuten und 57 Sekunden lang die unglaublich spannende Geschichte dieses Ordens an.

Viel interessanter war das Begleitschreiben. Aus Zeitschriften hatte der Erpresser einen Buchstabensalat zurechtgeschnipselt: „Ich will 30000 Euro für die Schürze, die Geige und die Orden. Melde mich in einer Woche."

Der Umschlag war ohne Absender von der Hauptpost Wiesbaden abgeschickt worden.

„Die dreggische Wiesbadener, die dreggische!", fluchte der Museumschef.

„Jeder darf von der Hauptpost Wiesbaden aus Briefe verschicken", widersprach der Kommissar. „Sogar Mainzer dürfen das."

„Ja was soll isch dann jetzt mache?"

„Am Besten 30000 Euro bereitlegen und nichts ohne die Polizei unternehmen."

„Kann die Bolizei da nit aushelfe. Zum Beischpiel mit beschlachnahmtem Falschgeld, weil ..."

„Ausgeschlossen!", sagte der Kommissar.

„Wenn mer äämal im Lebe die Bolizei braucht, dann hilft se nit!", meckerte der Fassenachter.

„Bass acht, was de seest!", warnte der Assistent.

„Unn woher soll isch soviel Geld nehme?"

Kommissar: „Zum Beispiel aus der Vereinskasse.“

Museumsleiter, patzig: „Dess kimmt gar nit in die Dutt! Soviel Geld habbe mir nit! Unn wenn ebbes schief geht, dann iss dess Geld aach noch weg!“

„Dann fragen Sie doch die Mainzer Wohnklau-gesellschaft“, schlug der Kommissar vor.

„Die habbe kä Kohle mehr“, stöhnte der Museumsleiter gequält, und dachte an die guten alten Zeiten, als die Wohnklau mit beiden Händen Geld zur Finanzierung der Mainzer Fassenachtsvereine verpulverte.

Kommissar: „Oder wenden Sie sich an die Stadt Mainz. Der Finanzdezernent hat sicher Verständnis für ihre außerordentliche Notlage.“

„Hm“, brummelte der besorgte Museumschef.

„Vielleicht hat auch der Rheinland-Pfälzische Landesfürst 30000 Euro übrig. Schließlich handelt es sich ja um gestohlene Kulturgüter von nicht nur überregionaler, sondern geradezu globaler Bedeutung.“

„Meenste?“, fragte der Museumsleiter zweifelnd.

Assistent: „Isch dät direkt bei de UNO anrufe, unn 30000 Euro verlange, um es Meenzer Weltkuldurerbe zu rette.“

„Verarsche kann isch misch selber!“

„Isch wollt nur en Tipp gebe“, grinste der Assistent.

Wütend sprang der Fassenachter auf: „Was bassiert, wenn isch die 30000 Euro nit beischaffe kann?“

Kommissar: „Da kann ich wenig helfen. Aber ich gebe Ihnen einen guten Rat.“

„Wass ?!“

„Wenn Sie das Geld auftreiben können, dann legen Sie es nicht in den Tresor vom Museum.“

„Arschlöscher!“, brüllte der Fassenachter draußen auf dem Flur, nachdem er die Bürotür zugeknallt hatte.

„Isch kann’s noch!“,

schnaufte die Wirtin, als das Kajak auf dem Rheinkies knirschte. Sie stieg aus und zog das Boot an Land. Dann setzte sie sich ans Ufer und rauchte erschöpft eine Zigarette. Dabei musste sie husten, sah schwarze Punkte vor den Augen und spuckte grünbraunen Auswurf aus.

Es war ewig her, dass sie wie blöde Kajak gefahren war. Jetzt war sie schon fix und fertig, weil sie ein bisschen rheinaufwärts am Ufer entlang, und einmal quer über den Rhein gepaddelt war. Aber sie hatte schnell wieder ihre flüssigen Bewegungen und das Gefühl für die Strömung gefunden. Der Muskelkater würde vergehen.

„Hähä“, lachte sie. Diesen Platz hatte sie damals genutzt, als sie einen verheirateten Freund hatte. Es gab drei Meter Strand, drumrum nur dichtes Gestrüpp.

„Was hab isch hier schee geberscht“, erinnerte sie sich. Dann hob sie das Modellboot aus dem Vordersitz des Zweierkajaks, ließ das „Bootsche“ über den Rhein hin und her hoppeln und stoppte die Zeit.

„Klappt doch!“, lobte die Wirtin, sonnte sich nackisch am Strand, und hörte dem „Tuk-tuk“ der Frachter zu. Dabei sah sie die dummen Gesichter der Fassenachter bei der Geldübergabe vor ihren Augen. Allein diese Vorstellung war das Risiko wert. Mit dem, was sie als Sekretärin wusste, hätte sie den Verein damals hochgehen lassen können. Von wegen doppelte Buchführung und krumme Geschäfte. Hatte sie aber nicht getan. Gelogen hatte sie für den Verein. Als Dankeschön wurde sie entlassen, und mit ein paar Mark abgespeist.

Sie zog sich an und paddelte zurück. Punkt 17 Uhr öffnete sie die Kneipe.

„Wer soll dess bezahle?“,

jammerte der Museumsleiter. Das war eine gute Frage. Wer sollte die 30000 Euro Lösegeld für die alte Schürze und den restlichen Kokolores bezahlen?

Wie immer, wenn etwas schief läuft, sucht der Mainzer die Schuld bei den andern, vor allem bei der Stadt. War ja auch logisch. Hätte die Stadt Mainz nicht die Mittel für das Fassenachtsmuseum gekürzt, dann hätten schwerbewaffnete Polizisten Tag und Nacht das weltweit wichtigste Fassenachtsmuseum bewacht.

„Die Schtadt iss schuld unn die Schtadt soll dess aach bezahle!“, entschied der Museumsleiter und rief im Rathaus an. Dort wurde er aber oft und viel weiterverbunden, weil niemand wusste, wer da zuständig sei.

„Dess hot nix mit Verwaldung zu du, dess iss Bolidig“, sagte eine Verwaltungsfachangestellte korrekt und verwies den Museumsleiter an die Partei, die er wählte.

Dort landete er bei einer Praktikantin. Die junge Frau studierte Politologie und nagelte gerade eine völlig sinnlose Arbeit über „Die Geschichte der politischen Parteien in Mainz von 1945 bis 1989“ zusammen, weil sie „Bätscheler“ werden wollte. Sie hatte noch nie etwas von dem singenden Dachdeckermeister und seiner Lederschürze gehört. Sie wusste überhaupt wenig, weil sich ihre gesammelten Lebenserfahrungen auf Schule, Uni und Parteimief reduzierten. Deshalb wollte sie ja auch Berufspolitikerin werden.

„Wer ist Ernst Nescher?“, fragte sie empört, unterstellte dem Anrufer rassistische Ansichten, und hielt einen Vortrag darüber, dass er doch besser Ernst Afrikaner sagen solle.

„Bleed Schneck!“, zischte der Museumsleiter, knallte den Hörer auf und rief wieder an.

„Unsere Plätze sind im Moment alle belegt“, sagte das Telefon und hängte ihn in die Warteschleife.

„Du gehst mir uff die Erbs!“, sagte der Pförtner völlig zu Recht, als er wieder die Stimme des Museumsleiters am Rohr hatte. „Was willste dann?!“

„Isch will dreißischdausend Euro!“, brüllte er.

„Isch aach“, lachte der Pförtner und verband ihn weiter.

Wahrscheinlich gibt es nur ein einziges Rathaus in ganz Deutschland, wo ein solcher Plärrkopp tatsächlich bis zum Finanzdezernenten durchdringen kann.

„Ginther! Die Schtadt muß sofort 30000 Euro Lösegeld bereit schtelle, weil ...“

„Bist Du depp?“, fragte der Finanzdezernent zurück, erklärte die Finanzlage der Stadt, und gab ihm den Ratschlag, sich an die Landesregierung zu wenden

„Bolidigger sinn all Arschlöscher“, sagte der Museumsleiter beleidigt und überdachte seine Strategie.

Zuerst versuchte er die beiden Mainzer Lokalzeitungen zu aktivieren. Sie sollten gemeinsam das Lösegeld aufbringen und dann exklusiv von der Geldübergabe berichten dürfen. Beide Chefredakteure sagten „Nein!“, als sie hörten, dass auch die andere Zeitung im Boot sitzen sollte.

„Abber dess iss doch ä Eins A Werbung fer eusch!“, sagte der Museumsleiter empört: „Meenzer Zeitung reddet es Lederscherzje vom Ernst Nescher. Dess sinn doch Schlagzeile, odder nit?“

„Nein!“, sagten beide und legten auf.

Das Verhältnis zwischen den beiden Mainzer Tageszeitungen war kindisch zerrüttet. Es war genau so kindisch zerrüttet, wie das Verhältnis eines alten Mainzer

Kleingärtners, der sich durch die Existenz eines zugezogenen Nachbarn beleidigt fühlt.

„Schornalisde sinn Arschlöscher!", sagte der Museumsleiter und rief alle Mainzer Fassenachtsvereine an.

Bei den Fassenachtern kam er vom Regen in die Traufe. Manche erklärten sich zwar bereit, 100 Euro zum Lösegeld dazuzugeben, aber nur, wenn ihr Verein in der Zeitung bevorzugt genannt und mit einem Exclusivbeitrag gewürdigt wurde. Andere wollten nicht mit verfeindeten Fassenachtsvereinen in einem Boot sitzen. Einer wollte sogar 500 Euro spenden, aber nur, wenn seine Garde am Rosenmontagszug ganz vorne marschieren durfte und ...

„Fassenachter sinn all Arschlöscher!", brüllte der Museumsleiter. Verzweifelt rief er die ursprünglichen Besitzer des gestohlenen Krempels an.

Einer sagte: „Isch geb den Scheiß ans Museum, Ihr Idiote lasst eusch beklaue, unn jetzt soll isch aach noch zahle? Isch glaab, es hackt!"

Ein anderer: „Moin Oba dreht sisch im Grab erum. Isch geb Dir dem soi Orden unn Du verseilerst se! Wenn isch Disch seh, haach isch der uff die Fratz!"

Ein dritter hatte anscheinend studiert und drohte gleich mit dem Anwalt: „Das war eine Leihgabe. Ich werde Sie wegen Veruntreuung kultureller Güter verklagen!"

„Agademiger sinn all Arschlöscher!", fluchte der Museumsleiter, und rief in der Rheinland-Pfälzischen Staatskanzlei an. Aufgrund verschlungener politischer Beziehungen landete das Anliegen direkt auf dem Schreibtisch des Rheinland-Pfälzischen Landesfürsten.

Der saß davor, und mampfte ein belegtes Brot, das ihm seine Frau geschmiert hatte, weil er immer Hunger hatte.

Ansonsten wurde er gerade von seiner Visagistin für einen Presseauftritt geschniegelt und gepudert.

Hoffentlich verkleckert er sich nicht wieder den Anzug, dachte die Visagistin besorgt.

Außer der Visagistin sprangen noch der Kanzleichef, sein persönlicher Referent, die Imageberaterin und der Pressereferent um ihn herum. Jeder normale Mensch wäre in so einer Situation wahnsinnig geworden. Burt Keck nicht. Seine Handys klingelten, die Visagistin fummelte an ihm herum, seine Leute babbelten auf ihn ein. Und was tat er? Er mampfte sein Blutwurstbrot.

„Der Leiter des Mainzer Fassenachtsmuseums", sagte der Kanzleichef todernst, „fragt, ob die Landesregierung 30000 Euro Lösegeld für die Rückgabe der gestohlenen Fassenachtsartikel zur Verfügung stellt?"

„Hääär?", fragte Kurt in seinem südpfälzischen Singsang. „Was iss donn dess fer en Kääs?"

„Damit könnten wir Pluspunkte sammeln", behauptete die Imageberaterin.

„Bloss nicht!", warnte der Pressereferent und erinnerte an die vielen hundert Millionen Euro, die der Landesfürst im Betzenbergstadion, im Nürburgring, und sonst wo verpulvert hatte.

„Also was mache mer jetzt?", fragte Burt schmatzend.

„Wir geben 30000 Euro, starten eine Imagekampagne und steigern damit unsere Umfragewerte!"

„Das ist zu riskant!", warnte der Medienreferent. „Wenn da etwas schief geht, dann ..."

„Häär", brummelte Kurt und unterdrückte ein Bäuerchen. „Soll isch, odder soll isch net?"

Pressefuzzi: „Anstatt 30000 Euro für die Fassenachter zu geben, sollten wir lieber 50000 Euro für den Umzug der bedrohten Mopsfledermäuse in Oberweiler-Tiefenbach dazugeben, weil wir ..."

„Du und Deine scheiß Mopsfledermäuse!", zischte die Imageberaterin.

Der dicke Landesfürst mampfte sein Brot und fand, dass der Pressereferent mit den großen Augen und den abstehenden Ohren eine gewisse Ähnlichkeit mit einer Mopsfledermaus hatte. Außerdem hob er beim Reden aufgeregt seine dünnen Ärmchen hoch, als wollte er mit seinen Flügeln schlagen., losfliegen und Fliegen fangen.

Wahrscheinlisch Vegedarier, Andialgohohligger unn Agademiger in de dritt Generatzion, dachte der Ministerpräsident und biss in sein Wurstbrot.

Zum Ausgleich für den mageren Pressereferenten hatte die Imageberaterin eine füllige Figur, die sie immer in zwei Nummern zu kleine Markenkleider zwängte, was ihr das Aussehen einer Raupe verlieh, weil der zu enge BH und der kneifende Rockbund in den Speck einschnitt. Genau genommen sah sie aus, wie ein Rollbraten, den man zu eng gewickelt hatte.

„Wenn wir das Moseltalbrückenprojekt stemmen", erklärte die Mopsfledermaus auferegt, und flatterte dabei mit den Ärmchen, „müssen wir auch ein grünes Ablenkungsmanöver starten. Zum Beispiel zur Rettung der Mopsfledermaus! Auch die neuesten Umfragewerte ..."

„Quatsch!", sagte die Rollbrätin. „Die Mopsfledermaus ist ein absolutes NO-GO! Gerade weil wir mit den Grünen eine Koalition bilden, müssen wir ein eigenes Profil bewahren! Deshalb geben wir lieber 30000 Euro Lösegeld für die Schürze von diesem alten, äh, ..."

„Ernst Nescher!", sagte der Ministerpräsident wütend, weil die Imagetante den singenden Dachdeckermeister nicht kannte. Das war auch kein Wunder. Sie interessierte sich nur für zu enge Markenklamotten und ihre Mitgliedschaft im Berliner „Capital-Club". Das war ein Verein für eingebildete Lackaffen, die einen Ernst Neger für ein „absolutes No-Go" hielten.

Mopsfledermaus, aufgeregt: „Wenn wir die Moselbrücke stemmen, dann müssen wir ..."

Ehr zwää Dummbabbler!, dachte der Ministerpräsident. Der eine wollte dauernd irgend etwas „stemmen", obwohl er nur einen Bleistift heben konnte, und die andere hielt alles für „No-go", was sie nicht verstand.

„Fertig", sagte die Visagistin, obwohl sie wusste, dass das nicht stimmte. Man konnte ihn frisieren und schminken, wie man wollte. Der Ministerpräsident sah immer aus wie ein bärtiger Igel, der Hunger hatte.

„Häär, also was jetzt", fragte Burt Keck hungrig. „Mopsfleddermaus odder Ledderscherzje?"

„Wir müssen ...", sagte die Mopsfledermaus.

„Häär! Mer misse dess alde Hodel in Berschzabern zu some Wellness-Bunker ausbaue, damit die Schtädter aussem Rhoi-Moi-Gebiet dort Geld ausgebbe!", entschied der MP und ging zu seinem Pressetermin.

Höflich rief jemand aus der Staatskanzlei zurück: „Angesichts der angespannten Finanzlage muss ich im Namen der Landesregierung leider mitteilen, dass wir uns außerstande fühlen, Ihnen ..."

„Ihr wollt nix bezahle!?", schrie der Museumsleiter empört ins Telefon. „Scheiß Landesreschierung! Fer jeden Kokolores habt Ihr Geld! Fer de Eff-Zeh-Kah! Fer die Rettung von Mopsfleddermäus! Fer die Umsiedlung von dicke rhoihessische Feldhamster! Fer ..."

„Wenden Sie sich mit Ihrem Anliegen doch bitte an die Stadt Mainz", sagte der Mitarbeiter höflich und legte auf.

„Männer, so geht dess nit weider!“,

tadelte Karl Napp. „Mir müsse wenischer saufe, unn mehr Ergebnisse bringe!“

Das sagt der richtige, dachte Franky.

„Herbert unn Rudi: Ihr zwää geht in de ‚Schambes’, unn dann in die ‚Weintorklause’ zum Ginther!“

„Alles rodscher“, sagte Herbert und befahl Rudi: „Komm, du Sauvieh“.

„Frängie! Du gehst in die ‚Gauschtubb’ unn zum Burkhard in die ‚Andau!’“

„Und du?“

„Isch ermiddel im ‚Altstadtcafe’, unn im ‚Bluhm’. Dadenach treffe mir uns bei de Christa im ‚Weinzauber’. Wer zuerst dort iss, gibt ääner aus!“

Gerade, als die drei Detektive das Haus verlassen wollten, ertönte vom Balkon herunter ein scharfer Pfiff.

„De Frängie bleibt hier!“, befahl Erna von oben. „Der muss misch oikaafe fahrn!“

Karl: „De Frängie muss jetzt ...“

Erna: „ ... mit mir oikaafe, damit du was zu fresse host!“

Herbert und Rudi machten es sich im Freien beim „Schambes“ gemütlich. Am Ende der Augustinergasse gelegen, war hier ein idealer Beobachtungsposten. Der Hobbyjäger aus Mommenheim qualmte stinkende Stumpen, und Rudi fiel jeden an, der ihm nicht gefiel. Manchmal ließ Herbert die Hosenträger von seiner speckigen Breitbandkordhose „schnerren“ und sagte zu seinem Hund: „Rudi! Guck der emol die Schtädter an! Wie die sisch anziehe!“

Und dann bellte Rudi wie blöde.

Expolizist Herbert erinnerte sich an alte Zeiten. Damals war der legendäre Scharfenberger der Wirt vom Schambes. Der Mann war wegen Totschlag vorbestraft, arbeitete aber - keiner wusste wie - als Polizeihundeausbilder. Und sobald es in der Beize „Uffzüsch" gab, ließ er seine Schäferhündin los, die er im Keller eingesperrt hatte. Dann war Ruhe.

„Halten Sie den Hund fest!", schrie eine Frau, weil Dackel Rudi einen York-Shire-Terrier fressen wollte.

„Dess iss en Eins-A-Jachthund", erklärte Herbert, wofür die Frau aber gar kein Verständnis zeigte.

„Bleede Schtädter!", knurrte Herbert und zahlte.

„Halt die Worscht hoch!", rief die Wirtin zum Abschied.

Herbert ging in die „Weintorklause". Da traf er „Kurt ohne Gurt". Kurt wusste aber genau so wenig wie die Schambeswirtin, wer das Museum ausgeraubt hatte.

„Isch war's nit", lachte Kurt und warf an Herberts Ohr vorbei einen Dartpfeil in die Scheibe. „Sonst hätt isch jo dem Nescher Ernst soi Scherzje an, dät singe, unn uff de Geisch vom Fränzje Musigg mache, hä, hä."

Da kamen zwei Frauen in die Kneipe und riefen: „Helau! Sinn unser Schnitzel ferdisch? Den Saufraß da nebe kannste ja nit esse!"

Es waren Mitarbeiterinnen vom Altersheim daneben.

Karl Napp marschierte schnurstracks ins „Altstadtcafe", babbelte sich bei der netten Katja fest, und traf einen der unzähligen Gebrüder Bayer. Der wusste zwar nicht, wer das Fassenachtsmuseum ausgeraubt hatte, erzählte aber ausschweifend von seinen Millionengeschäften und unglaublichen erotischen Abenteuern. Als es Karl zu viel wurde, ging er den weiten Weg vom „Altstadtcafe“ bis ins „Weinhaus Bluhm“.

Dort traf er den originellsten Politiker von ganz Mainz. Der Mann war Expolizist und Exprivatdetektiv. Jetzt war er Kommunalpolitiker. Expolizist Karl Napp vertiefte sich in Fachgespräche mit ihm.

Zwischendurch patroullierte der „Altstadtsheriff“ durch das Viertel, um nach dem rechten zu sehen. Der Mann fuhr auf einem Fahrrad, dessen Lenker mit Häuptlingsfedern geschmückt war. Ein durchgeknallter Hausbesitzer, der seine Mieter mit Anzeigen und Waffen, seine Mieterinnen mit Spannen terrorisierte.

In der Kneipe sorgte Wirt Roland für Ordnung. Er legte Wert auf eine gepflegte Weinkarte. Das lockte natürlich auch Leute wie den Weinkenner Schtolte an. Also Menschen, die keinen Spaß am Wein trinken haben, sondern lieber gestelzte Phrasen über das „Terroir“ dreschen. Als zwei solcher Schwätzer hereinkamen, sagte der Wirt, bevor sie sich setzten konnten: „Ich glaube, Sie werden hier nicht glücklich!“

Da trollten sie sich und kamen nie mehr wieder.

Nicht nur in, sondern auch vor der Kneipe sorgte der Wirt für disziplinierte Gastlichkeit. Als ein Pärchen kam und fragte, ob man für sie extra einen weiteren Biertisch aufbauen könnte, sagte der Wirt: „Wollt ihr allein hocke, odder was?! Da kennt Ihr eusch dazusetze!“

Auch da hatte er völlig recht. Wozu gibt es Kneipen? Wenn man allein sein will, kann man auch zu Hause bleiben, oder in Wiesbaden weggehen.

„Isch mach fort!“, riss sich Karl los, und ging pinkeln. Auf der Toilette vermisste er die gute alte Pissrinne vom Bluhm. Niemand weiß, warum Ordnungsämter dauernd

Kneipen neu erfinden wollen, und mit sinnlos teuren „Hygienevorschriften“ verunstalten.

Als er an der Römerpassage vorm „Weinzauber“ stand, fiel ihm auf, dass er völlig vergessen hatte, zu fragen, wer das Fassenachtsmuseum ausgeraubt haben könnte.

„Ha, ha. De Hutsimpel kommt“, rief Müller's Claudi mit der sonoren Stimme.

Detektivgehilfe Franky musste Erna zum Einkaufen fahren, Getränkekisten und Tüten schleppen. Erna war eine Hausbesitzerin, die jeden Cent dreimal umdrehte. Deshalb fuhr Franky mit seinem alten BMW unzählige Kilometer durch den Stadtverkehr, weil irgendwo das Waschpulver gerade im Angebot und 50 Cent billiger als woanders war. Und er fuhr auf den Mainzer Friedhof, weil Erna „es Tante Lensche gieße“ musste, von dem sie das Mietshaus geerbt hatte. Und er schleppte die Tüten für Karls Mutter „Annemie“ in deren Wohnung, und musste mit Erna und Uroma Annemie Kaffee trinken. Und er musste mit Erna alle Mainzer Baumärkte abklappern, weil sie Preise verglich und sich beraten ließ, was die Kellersanierung in Eigenhilfe kosten würde.

„Alles Peife!“, schnaubte Erna über die Fachberater im Baumarkt.

Zum Schluss musste Franky im vierten Stock einer Mieterin helfen, ihre neue Kommode aufzubauen, obwohl er keine Aufbauanleitung lesen konnte, und handwerklich selten ungeschickt war.

Ernas Argument lautete: „De Kall, den Dollbohrer, kannste so was nit heiße!“

Um 20 Uhr 30 war Hilfsdetektiv Franky fertig.

Erna: „Die Schtunde setze mir de Handkäsmafia uff die Reschnung. Isch muss sowieso die Buchführung fer de Kall mache, weil der zu bleed dadezu iss."

Als Franky um 21 Uhr in den „Weinzauber" kam, war die Stimmung großartig. Rudi hatte sich mit einem Rauhhaardackel angefreundet. Die beiden rasten wie die Irren durch die Kneipe. Herbert führte mit „Hinkels-Klaus" Fachgespräche über die Pfalz. Karl spekulierte mit Jürgen „Ölkännsche" über mutmaßliche Täter. Er verdächtigte alle überlebenden Helden der Mainzer Fenstermafia: „Du, unn de Hefelke, de Glasaachehermann, de Toni, de Leo, de Bachi, de ..."

„Babbel kään Scheißdreck", sagte Jürgen ärgerlich.

Weil alle einen Vorsprung hatten, der nicht mehr aufzuholen war, trank Franky keinen Alkohol, sondern unterhielt sich mit dem Mainzer Stadthistoriker Jacoby über den Nibelungenschatz. Das heißt, Franky stellte eine Frage und kam zwei Stunden lang nicht mehr zu Wort. So ist das, wenn man Experten fragt.

Um 22:47 Uhr wurde Herbert von Claudi als Frauenbeauftragter für die Thekenmannschaft vom Weinzauber engagiert.

„Allef rodfer", stimmte Herbert zu, und krabbelte auf allen Vieren um den Tisch herum, weil ihm beim Lachen das Gebiss herausgefallen war. Er hatte neulich einen Zahn verloren, an dem das Ding aufgehängt war.

Um 23 Uhr lud Franky seine beiden Chefs samt Dackel ins Auto, und fuhr sie zu Karl nach Hause. Sie torkelten grölend ins Kellerbüro.

Um 02.30 Uhr erhielt Franky einen Anruf. Erna war am Telefon: „Frängie, biste noch wach? Du musst den Hutsimpel sofort ins Krankehaus fahre!"

Mainz, Uniklinik, 03.30 Uhr

„Sind sie verprügelt worden?“, fragte die Unfallchirurgin, als sie die Platzwunde über dem Auge nähte.

„Nä!“, erklärte Karl. „Beim Pickel ausdrücke hab isch es Übbergewischt verlor, unn bin uff die Fratz gefalle!“

„Wie kann man beim Pickel ausquetschen auf das Gesicht fallen?“

„Ei, weil der Pickel am Arsch iss.“

„Das müssen Sie mir erklären“, sagte die Ärztin.

Karl erläuterte den Unfallhergang. „Also, isch hab en Pickel am Arsch. Den wollt isch vorhin ausdrücke. Deshalb hab isch die Hose runnergelasse, unn misch middem nackische Bobbes vor de Schpieschel geschtellt. Damit isch im Schpieschel den Pickel seh, verschtehste?“

„Pffrrt“, prustete die Ärztin.

Karl stellte sich breitbeinig hin, beugte den Oberkörper nach vorne, und griff mit beiden Händen zwischen den Oberschenkeln hindurch an seinen Hintern, um den imaginären Pickel auszudrücken.

„Huah“, lachte die Ärztin.

„Abber, weil isch son dicke Ranze hab, deshalb musst isch middem Kopp ganz weit nach unne gehe, damit isch den Pickel im Schpieschel seh.“

„Huaah“, brüllte die Ärztin.

„Dadebei hab isch es Ibbergewischt verlorn, alldieweil isch die Heef hatt. Weil isch die Hose unne gehabt hab, unn die Griffel hinne am Bobbes, deshalb konnt isch misch nit abfange, unn bin vorwärts uff die Fratz gefalle. Genau mit em linke Aach uff die Kant von dem ...“

Da fiel die Ärztin brüllend auf dem Boden und hielt sich den Bauch vor Lachen.

„Kääner will bezahle“,

heulte der Museumschef verzweifelt. „Niemand gibt mir 30000 Euro. „Die Bolizei gibt nix, die Schtadt hot nix, unn de dicke Landesfürst will nix bezahle!“

Mittelstädt versuchte ernst zu bleiben. „Dann bleibt nur noch ein vermögender Freund und Gönner der Mainzer Fassenacht. Vielleicht aus dem Vorstand des Vereins?“

„Dess mach isch! Isch fraach de Brezelmüller!“

„Tun Sie das“, sagte der Kommissar. „Sie können mein Telefon benutzen.“

„Guude Brezelmüller! Isch bin’s. Isch bin grad uff de Bolizei. Der Dieb hot sisch gemeld. Die Sau will 30000 Euro Lösegeld! Jetzt wollt isch emol fraache, ob Du fer uns vielleischt, weeste isch mään ...?“

Keine drei Sekunden später hatte der Pate ja gesagt.

Museumsleiter: „Soll isch dess Geld hole?“

Pate: „Nein! Grieser bringt die Kohle. Tschüs.“

„Gottseidank!“, stöhnte der Museumsleiter. „Uff die Meenzer Handkäsmafia kannste disch verlasse.“

Da klingelte das Telefon des Kommissars. „Für sie“ , sagte Mittelstädt und gab den Hörer an den Museumsleiter. Der Pate war am Apparat.

„Ja Brezelmüller“, sagte der Museumsleiter. „Uff gar kään Fall tu isch dess Geld in de Museumstresor!“

„Tschee“, sagte der Hüter der heiligen Orden zu den Polizisten und verschwand.

Mittelstädt fand das sehr interessant. Der Pate der Handkäsmafia musste ein großer Freund der Fassenacht sein. Sonst hätte er nicht die Belohnung ausgelobt, und jetzt auch noch selbstlos 30000 Euro zur Verfügung gestellt.

„Bumm, Bumm, Bumm!“,

hallte es durch die Kneipenküche, als die Wirtin mit dem Schnitzelklopfer einen Blechorden zertrümmerte. Den plattgeklopften Orden steckte sie zusammen mit dem Anschreiben in einen Umschlag, frankierte ihn und schrieb die Adresse drauf. Dann zog sie die Handschuhe aus, rauchte eine Zigarette und dachte nach.

„Hab isch alles beisamme?“, überlegte sie.

Ja, sie hatte. Es war unwahrscheinlich, dass am Sonntag Polizisten bei der Geldübergabe aufkreuzten. Aber falls doch, hatte sie vorgesorgt. Bei einem Ein-Euro-Mausefallenhändler im Kaiser-Wilhelm-Ring hatte sie ein altes Handy gekauft und Sim-Karten besorgt. Sie hatte sogar die Boote der Wasserschutzpolizei im Zollhafen und auf der Maaraue gezählt. Mehr konnte sie nicht tun.

Kurz vor Kneipenöffnung „kruschelte“ sie im Keller herum, weil ihr doch noch etwas eingefallen war. Tatsächlich, sie fand das alte Ding. Kurz nach der Maueröffnung hatte sie es einem Säufer für 10 Pils abgekauft, weil der seine Zeche nicht bezahlen konnte.

Als um 19 Uhr der alte Deutschrusse „Dimi“ in die Kneipe kam, zeigte sie ihm das verstaubte Fernglas.

„Bosche moi!“, sagte Dimitri. „Ist sisch bestäs Fernglas von Welt. Gemacht fürr Scharfschütze von rotä Armee.“

„Fer was brauchsten dess?“, fragte die betrunkene Lena.

Wirtin: „Och weeste. Geschenübber von mir iss son knackische Schporschtudent oigezooche. Der leeft immer nackisch in de Wohnung erum. Den wollt isch mir emal näher betrachte.“

„Hoho“, rief die Altherrenfraktion am Thresen. Einige boten an, sich auszuziehen.

„Uäähh“, rief die Wirtin angeekelt. „Eusch alde Säck will kää Fraa nackisch sehe. Da hänge die Klicker doch schon uff de Knie!“

Allein wegen dieser Unterstellung trank jeder der beleidigten Herren mindesten zwei Bier mehr als normal.

Geduldig ließ sich die Wirtin von Dimitri das Fernglas erklären. Anscheinend solide sozialistische Wertarbeit. Mit Entfernungsmesser, Restlichtverstärker usw.

Am nächsten Morgen fuhr die Wirtin auf der hessischen Rheinseite flussaufwärts. Unterwegs warf sie den Umschlag ein. Dann marschierte sie zu ihrem Platz am Rhein und beobachtete das gegenüberliegende Ufer. Mit dem Fernglas konnte sie jeden einzelnen Grashalm beobachten. Sie fuhr weiter und setzte mit der Fähre am Kornsand über den Fluss. Von der Rheinland-pfälzischen Rheinseite beobachtete sie den Platz gegenüber, wo sie früher mit ihrem Geliebten gebürstet hatte. Das Gebüsch war so dicht, dass man noch nicht einmal mit dem Fernglas etwas sah, das man nicht sehen sollte.

„Umso besser“, murmelte die Wirtin und fuhr wieder nach Mainz. Es war Freitag. In zwei Tagen war die Geldübergabe. Punkt 17 Uhr öffnete sie die Kneipe.

„Wie war sich jungäs knackisches Schportschtudent?“, fragte Dimi neugierig.

„Scheiße“, sagte die Wirtin enttäuscht. „Dess Fernglas iss so sscharf, dass isch jeden Pickel einzel in Großuffnahme gesehe hab. Der Bub iss noch en halbes Kind. Rischdisch unerodisch.“

„Heile, heile Gänsje“, sang Pit und nahm die traurige Wirtin tröstend in den Arm.

„Es iss bald wider gut!“, sang die ganze Kneipe im Chor.

„Isch dreh bald dorsch!“,

tobte Hohlblockfriedel durch die Sauna Der Gedanke daran, dass irgend jemand mit seinem sauer verdienten Schwarzgeld pfeifend durch die Gegend lief, machte ihn krank.

Auch bei den anderen war die Stimmung außerordentlich mies. Genosse Nobby trauerte dem erlesenen Weinkeller hinterher, den er sich von seinem Anteil zulegen wollte. Stadtratskollege Grieser seufzte gequält. Er hatte vor, seinen Anteil auf die hohe Kante zu legen, um sich endlich von seiner notorisch fremdgehenden Frau scheiden lassen zu können. Der „Ölprinz“ war ganz schlecht gelaunt. Vor Jahren hatte sich der Anwalt mit Ostimmobilien verspekuliert, weshalb er sich privat Geld geliehen hatte. Mit seinem Anteil hätte er die Schulden zurückzahlen können. Damit war es jetzt Essig.

Sogar Fleischworschttoni war „grebisch“. Er rechnete das verlorene Geld in Puffbesuche um. „Was hätt isch fer dess Geld schee berschte kenne!“, jammerte er.

Nur der Pate jammerte nicht. Brezelmüller rechnete. Im schlimmsten Fall waren 500000 Euro Schwarzgeld, 30000 Euro Lösegeld, und das Honorar für die Detektive weg. Allerdings gab es noch den allerschlimmsten Fall.

„Vielleischt schnappt die Bolizei den Erpresser ja bei der Geldübergabe“, sagte Grieser.

„Grieser, Du bist so dumm, dass de brummst!“, zischte Fleischworschtoni und verlangte vom Paten: „Ha-Pe! Erklär dem Depp, wie de Haas leeft!“

„Das ist ja unser Problem!“, erklärte der Pate. „Die Polizei weiß nichts von dem gestohlenen Schwarzgeld, ermittelt aber wegen Einbruch, Diebstahl und Erpressung.“

„Ja, aber ...“, begann Grieser.

Brezelmüller: „Wenn die Polizei den Erpresser bei der Geldübergabe schnappt, fängt der an zu reden. Und dann sind wir fällig."

„Oh Gott", sagte Grieser. „Das könnte das Ende meiner bolidischen Karriere bedeuden und ..."

„Grieser, babbel kä Blesch!", zischte Toni.

Brezelmüller: „Wer auch immer die Sachen geklaut hat, muss dumm, oder wahnsinnig sein. Anstatt einfach mit dem Geld zu verschwinden, bleibt er da und fordert noch obendrein Lösegeld für den Fassenachtskrempel."

Ölprinz: „Das ist fast so, als ob er geschnappt werden will, um uns reinzureißen!"

Brezelmüller: „Auf jeden Fall müssen wir verhindern, dass bei der Geldübergabe die Polizei dabei ist. Entweder wir schnappen den Kerl, oder gar niemand!"

Grieser: „Wann ist denn die Geldübergabe?"

Brezelmüller: „Wahrscheinlich am Sonntag. Am Sonntag will sich der Erpresser beim Museumsheini melden."

Grieser sprang hektisch hoch.

„Wo willst du hin?"

„Ins Fassenachtsmuseum", rief Grieser aufgeregt. „Isch muss dem Museumsleiter erklären, dass er ab jetzt kein Wort mehr zur Polizei sagt!"

Pate: „Setz dich! Das hat Toni schon getan."

Etwa drei Minuten lang hörte man gar nichts. Die ehrenwerten Herren schwiegen. Fast wie in einer fernöstlichen Meditationssauna.

Schließlich fragte Toni: „Was macht eigentlisch de Karl Napp? Macht der ibberhaupt irschend ebbes, außer unser Schpese verjubele?"

Karl hatte neulich eine vorläufige Spesenabrechnung gefaxt. 33 Weinschorle, 67 Biere und 26 Schnaps.

„Mainz ist ein Dorf!“,

sagte Mittelstädt. „Hier kennt jeder jeden und alle babbeln miteinander. Wie ist es sonst zu erklären, dass ein Fassenachter auf die Idee kommt, den Ministerpräsidenten um 30000 Euro Steuergeld anzupumpen?“

„Scheff“, warnte der Assistent. „Du host widder de Moralische!“

„Es ist eine dienstliche Katastrophe, dass Mainz eine Stadt ohne Geheimnisse ist. Wenn im Rathaus einer laut furzt, wird das eine Stunde später unter dem Siegel des Schweigens in der Kneipe herausgetönt, und am Samstag in der Vip-Lounge verkündet. Vermutlich baut man deshalb ein neues Stadion. Damit jetzt 36000 statt 20000 Mainzer das neueste erfahren. Diese Geschwätzigkeit untergräbt jegliche Polizeiarbeit und ...“

„Isch geh jetzt was esse!“, verkündete der Assistent.

„Mahlzeit!“, wünschte der Kommissar.

In der Kantine gab es Kasseler mit Sauerkraut. Der Assi bekam zwei Stücke Fleisch, weil er der Schwager vom Koch war. Er setzte sich zu Kegelbruder „Binger Hansi“. Der hieß so, weil er aus Bingen kam. Früher war er mit Karl und Herbert Streife gefahren. Als Polizist war Hansi absolut unfähig, aber krankhaft neugierig. Deshalb durfte er bis zu seiner Rente im Innendienst Däumchen drehen.

„Wer hot dann es Scherzje geklaut?“, fragte Hansi.

„Wahrscheinds en Kasseler, odder en Kostemmer“, schmatzte der Assistent. „Uff alle Fäll jemand, der en Schnitzelklopper hot. Vielleischt en Wirt, odder Koch.“

Wie von der Tarantel gestochen, raste Hansi zu seinem Arbeitsplatz an der Pforte, und rief vom Diensttelefon den Privatdetektiv Karl Napp an.

„Uffgebasst!“,

verkündete Karl großspurig. „Isch hab neue Informazione aus erster Hand. Mir konzentriern unser Ermittlunge uff die eebsch Seit. Zuerst kämme mir ganz Kassel dorsch.“

Dann verteilte er Aufgaben. Herbert und Rudi sollten sich am „Wasserheisje“ umhören. Franky sollte im „FKK-Club“ nachfragen, ob da seit neuestem ein Freier mit Geld um sich warf. Ebenso bei der berühmten „Conny“ in der Peter-Sander-Straße 17. Dann sollte er ...

„Und was machst du?“, fragte Franky misstrauisch.

„Isch muss misch e bißje ausruhe. Hatt schließlisch en schwere Unfall. Mir treffe uns all heit abend bei de Gusti im ‚Brunneschtübsche’ in de Meenzer Schtraaß.“

„Alles rodscher“, sagte Herbert, pfiff seinen Dackel herbei, und ließ sich von Franky nach Kastel fahren.

Karl legte die Füße hoch und hielt sich einen Eisbeutel auf das genähte Auge. Gerade, als er einnuckelte, klingelte das Telefon. „Jaa, Brezelmüller. Unser Ermittlunge mache Fortschritte. Mir schaffe Daach unn Nacht wie die Brunnebutzer. Bei der Geleschenheit: Isch brauch dringend mehr Schpesegeld, alldieweil ...“

Kaum hatte er Brezelmüller abgebügelt, kam Erna.

„Kall?!“

„Wass?“

„Wenn de grad nix zu schaffe host; isch brauch die Belesche fer doi scheiß Umsatzschteuervoranmeldung!“

„Kää Zeit!“, log Karl. „Isch muss sofort fort. Dringende Ermittlunge!“

Erna grinste. Wenn sie den Hutsimpel aus dem Haus treiben wollte, musste sie nur das Zauberwort „Umsatzsteuervoranmeldung“ aufsagen, und schon rannte er weg, wie von tausend Teufeln gejagt. Es war auch alle drei

Monate ein Drama. Erna machte seine Buchhaltung. Und er suchte dann in Schuhkartons und Hosentaschen nach irgendwelchen zerknüllten Belegen, die er irgendwo „verseilert" hatte.

Karl flüchtete fluchend aus dem „Bürro" und fuhr mit dem „Rädsche" über die Theodor-Heuss-Brücke auf das „ebsche" Ufer. Auf der Brücke war ein langer Stau. Nach dem Motto „Unser Rheinufer soll schöner werden" baute die Stadt Wiesbaden monatelang die Bushaltestation auf dem Brückenkopf um. Irgendein Stararchitekt hatte hier eine schicke Zeltkonstruktion für viele Millionen Euro geplant, die wahrscheinlich beim ersten Sturm einfach wegfliegen würde.

„Dumme Wiesbadener Ferz!", brummelte Karl Napp und radelte an den genervten Autofahrern vorbei in die HBZ, die hessisch besetzte Zone von Mainz. Hier warteten alle auf den Tag X. Alle paramilitärisch organisierten Untergrundgruppen standen Gewehr bei Fuß: Die Jocusgarde. Die Rittergilde. Die Roten Husaren. Der KCK. Der Athletenclub. Der Mainzer Motorradclub. Die Kostheimer Krabbelgruppe. Sobald die NATO eine Flugverbotszone über Wiesbaden errichtete, würden sie losmarschieren, um die hessische Zwangsherrschaft abzuschütteln.

Karl hatte eine lange Liste von Informanten abzuarbeiten. Dazu brauchte er Geld. Also zuerst auf die Volksbank in die Kronenstraße. Karl hatte keine Bankkarte, weil er sich keine Geheimnummer merken konnte und dauernd seinen Geldbeutel verlor. Er holte immer am Schalter ein wenig Kohle und steckte es in die vordere Hosentasche.

Aber er konnte kein Geld abheben, weil ihm jemand den Weg versperrte. Ein schwarzer Porsche kam herangebraust und blockierte die Treppe vor der Bank. Aus dem Auto stieg ein langhaariger Mann in kurzen Hosen und darüber hängendem Hemd. Mit einer Louis Viutton-Tasche bewaffnet, stürmte er das Bankgebäude.

Karl dachte zuerst an einen Überfall. Dann erkannte er aber den Mann. Es war der Wirt von der „Bastion Schönbrunnen" am Kasteller Rheinufer.

Karl quetschte sich an dem Auto vorbei und folgte dem Burschen in die Bank. Der Wirt brummelte, weil er vor dem Schalter in der Schlange stehen musste. Als er an der Reihe war, kippte er den Inhalt seiner Tasche auf den Tresen. Es waren die unsortierten Einnahmen.

Es dauerte eine Ewigkeit, bis die losen und zerknitterten Geldscheine durch den dauernd stockenden Zählapparat geflutscht waren. Der Kassierer fing an zu schwitzen. Der Wirt wurde ungehalten, weil alles so lange dauerte. Die Schlange dahinter wurde auch immer länger. Eine endlose Prozedur.

„Tschee!", brüllte der Wirt quer durch die Bank. „Am Donnersdaach brauch isch en Achter Wechselgeld!"

Karl musste grinsen. Die Bastion Schönbrunnen war ein Phänomen. Aufgrund undurchsichtiger Beziehungen zur örtlichen Politprominenz namens Brett und Hirte betrieb der Wirt am öffentlichen Rheinufer eine Strandbar, die wundersamerweise jedes Jahr größer und länger wurde.

Eingeborene Kasseler, die sich trauten, auf eine der öffentlichen Bänke zu setzen, wurden vom Personal angehalten, entweder teure Getränke zu kaufen, oder zu verschwinden.

Zum Ausgleich machte man dem daneben liegenden Schiffsrestaurant das Leben schwer. Ordnungsamt und

Bauamt quälten den Betreiber mit Auflagen über Notausgänge, Feuermeldeanlagen, Galama und Kokolores. Ein Zusammenhang zwischen der Ungleichbehandlung von Bastion und Schiff bestehe aber nicht; sagten jedenfalls die Lokalgrößen Hirte und Brett.

Aus Neugier fuhr Karl hin und musste grinsen. Das ganze Rheinufer vor der Reduit war eine große Baustelle. Zwecks Verschönerung der Rheinpromenade rammte man – keiner wusste warum - Spundwände in die Uferböschung. Um den Strand zu vergrößern, durfte das Restaurantschiff nicht mehr mit langen Stahlseilen am Ufer festgezurrt sein. Stattdessen hatte man vor und hinter dem Schiff zwei gewaltige Pfeiler in den Rhein gerammt. Daran sollte das Schiff befestigt werden. Das war aber Blödsinn. Jedesmal, wenn ein großer Frachter vorbeifuhr, schaukelte das Restaurantschiff in den Wellen wie eine Hängematte bei Windstärke 12.

Also doch Stahlseile und keine Strandvergrößerung? Jedenfalls standen jetzt die ganzen Strategen vom Bauamt und vom Ordnungsamt samt Wasser- und Schifffahrtsamt ratlos vor dem schwankenden Restaurantschiff. Alle guckten wie die Kuh wenn's blitzt, und lehnten jegliche Verantwortung für den Unfug, den sie da verzapft hatten, ab. Und zwischendrin der Wirt von der Bastion, aufgeregt mit den Armen fuchtelnd.

„Haha“, grinste Karl und radelte in die Mainzer Straße. Das war die Einkaufsstraße von Kastel. Hier sah es aus, wie zerbombt. Zwischen dauernd leerstehenden Geschäften kämpften mutige Einzelhändler verzweifelt ums Überleben. Wenn sich trotzdem ein Kunde in die Einkaufsstraße verirrte, kam sofort eine Politesse und verpasste ihm ein Protokoll, damit er niemals wieder auf die Idee kam, hier etwas einzukaufen.

Ansonsten verirrten sich Fremde hierher, die ihr Navi nicht bedienen konnten.

„Wo issen der Opelhändler?“ , fragte ein LKW-Fahrer den Kafferöster in der Mainzer Straße.

„Die Autohändler sind in der Mainzer Straße in Wiesbaden“, erklärte der Mann mit seinem rheinischen Dialekt. „Das hier ist die Mainzer Straße in Kastel!“

„Kastel gehört doch zu Wiesbade?“

„Schmeiß dess scheiß Navi fort, unn kaaf der ä ordentlich Landkart!“, riet Karl.

„Idiot!“, zischte der LKW-Fahrer und bretterte durch die Mainzer Straße in 55252 Mainz-Kastel.

„Das ist heute schon der dritte LKW, der sich verfahren hat“, erklärte der Kaffeemann.

Karl gönnte sich einen Milchkaffee und fragte, ob in Kastel jemand plötzlich reich geworden sei.

„Isch jedenfalls nischt“, lachte der Kaffeeröster.

Dann kam der dünne Mann mit dem großen schwarzen Hund. Ein Expolizist, der einmal eine Kneipe betrieben hatte. Von seinem Ersparten hatte er sich einen Lebenstraum erfüllt. Einmal die Rally Paris-Dakar mitfahren. Danach kam kein Kasseler mehr in seine Kneipe. Begründung: „Millionäre unnerschtütze mir nit!“

Der Expolizist versprach, sich umzuhören.

Karl fuhr weiter zu Brezel-Geppert und aß eine Kleinigkeit. „Schmeckt besser als wie beim Ditsch“, lobte er.

„Dess will isch abber hoffe!“, lachte der Brezelkönig von Kastel.

Bei Bauer Frankenbach kaufte Karl Dosenwurst und fragte nach dem Fassenachtsdieb. „Wenn der hierher kimmt“, versprach Uschi, „dann fessel isch den Borsch mit Worschtkordel, bis du en abheelst.“

Dann in die Roonstraße zur Bäckerei Löw. Chefin Ina war schwer am schuften. Sie war eine große Tortenspezialistin und bastelte gerade ein Meisterwerk.

Karl staunte: „Was gibt dann dess?“

„Des iss ä Geburtsdaachstort fer en Fahrlehrer“, erklärte sie. Auf die Torte hatte sie liebevoll eine Kreuzung gezaubert. Mit Verkehrsschildern und Spielzeugautos.

Karl fragte, ob in Kastel jemand über Nacht reich geworden sei.

„Wenn ääner 100 Torte uff äämal beschtellt, dann ruf isch sofort an“, gickelte Ina.

Gegenüber der Bäckerei, in der Pizzeria „Da Enrico“ waren auch keine Neureichen aufgetaucht. Aber es gab eine leckere Pizza Venezia. „Sobald der Fassenachtsdieb hier ufftaucht“, lachte der Pizzabäcker, „dann schteck isch den in de Backofe, bis er alles geschteht.“

Weiter in die Zehnthofstraße zu „Jutta's Bistro“. Die konnte ihm auch nicht weiterhelfen. Aber Manni mit der roten Ferrari-Mütze war da. Manni war eine Frohnatur und kam viel rum, weil er als Briefträger und Schauspieler arbeitete. Vor allem hatte er ein Repertoir von rund 350 Witzen: „Kennste den schon? Kommt en ...“

Nach 43 Witzen und fünf Pils landete Karl wieder in die Mainzer Straße. Er ging zu Gusti ins „Kasteler Brunneschtübsche“.

„Ho, ho“, rief die Wirtin. „De Meisterdedegdief! Wieviel Verbrescher hoste dann heit schon gefange?“

Herbert und Rudi ermittelten stundenlang am „Wasserheisje“ in der Witz. So hieß die Straße. Hier gab es noch echte Männer, die morgens zu ihrer Frau sagten: „Isch geh mal korz mit em Hund enaus“, und abends, wenn der

Kiosk schloss, von ihrem Hund nach Hause geführt wurden.

Aber es gab niemand, der plötzlich mit Geld um sich warf. Nur einen, der dauernd seine Bierflasche umwarf. Nach sechs Bier hatte Herbert genug. Er mampfte im „Weinhaus Schott" ein schmackhaftes XXL-Kotelett mit Bratkartoffeln. Als er aß, verirrte sich ein fremdes Pärchen in die Wirtschaft. Die einheimischen Gäste sahen die beiden Fremden an. Das Pärchen fühlte sich unwohl und ging wieder. Bis der Wirt aus der Küche geflitzt kam, waren die beiden weg. Da drehte der Wirt die Musik leise und lobte seine Gäste: „Dess habt ihr genau rischdisch gemacht. Lasst bloß kä Fremde hier eroi."

Herbert grinste und ging zu Gusti.

„Noch son komische Vogel", lachte die Wirtin.

„Wo bleibt dann der Frängie so lang?", fragte Karl.

Franky kämpfte sich tapfer durch das horizontale Gewerbe im AKK-Land. Zwischen der hessischen und der Rheinland-Pfälzischen Landeshauptstadt gelegen, war der Standort ideal. Es gab Puffs, Klubs und unscheinbare Privatadressen. Er fing in der „Roten Meile" an, und fragte, ob es hier seit neuestem einen Freier gab, der mit Geld um sich warf.

„Dess hier iss en Puff, unn kä Auskunft!", erklärte ihm ein stämmiger Mitarbeiter. „Raus!"

In der Wiesbadener Straße war der neue FKK-Club. Eine Mitarbeiterin fragte: „Bist du der neue Hausmeister, der sich hier vorstellen will?"

Bei „Conny" im Gewerbegebiet arbeitete eine Frau, die aussah wie Kathie Witt. Sie gönnte sich gerade eine Zigarettenpause.

Franky zeigte seine Visitenkarte und fragte, ob ...

„Nein“, lachte Kathie Witt. „Aber wenn son Märchenprinz kommt, dann heirat ich den sofort.“

Woanders erklärte ihm eine Frau mit osteuropäischem Akzent, dass gerade Monatsende sei, und sie froh wäre, wenn überhaupt jemand käme.

Eine andere erklärte: „Flöte blasen kostet 30 Euro, GV 60 Euro, Auskunft 100 Euro. Hier werden sie geholfen.“

Bis Franky ins Brunnenstübchen kam, hatten die beiden Chefs wieder einen Vorsprung, der nicht aufzuholen war. Aber es war witzisch. Zwischen Karl und Herbert sass Renate. Renate war Anfang 70 und fit wie ein Turnschuh. Vor allem war sie ein „rischdisches goldisches Meenzer Schlappmaul“. Sie konnte reden und Pointen setzen, wie eine Göttin. Sie babbelte und trank die beiden Herren unter den Tisch. Karl und Herbert kamen kaum zu Wort.

Wirtin Gusti lachte sich halb tot.

Um 21:30 Uhr zahlte Renate und verabschiedete sich augenzwinkernd mit den Worten: „Meine Herrn, isch danke Ihnen für das nette Geschpräsch.“

Um 22:30 Uhr musste Franky seine beiden Chefs und den Hund in die Autositze laden, das Fahrrad in den Kofferraum. Pflichtgemäß lieferte er alle bei Erna ab, und schloss die Haustür auf, damit die Mieter nicht wach wurden, wenn ihr Vermieter nach Hause kam, und herumgrölte, weil er seinen Schlüssel nicht fand.

Karl pinkelte in den Vorgarten und verkündete: „Männer, dess war erstklassische Arbeit. Morsche ermiddele mir bei de Kostemer Messerschtescher.“

„Allesrodscher“, lallte Herbert, zog sein Gebiss aus, und legte sich mit Rudi auf das Sofa im Kellerbüro.

Freitag, 09 Uhr: „Gaanz laangsaam“.

„Ist Dir was aufgefallen?“, fragte der Kommissar.

„Nää“, sagte der Assistent. „Was soll mir ufffalle?“

„Der Museumsleiter hat sich seit zwei Tagen nicht mehr gemeldet. Normalerweise ist er jeden Tag hier, oder ruft mindestens dreimal an. Das ist merkwürdig.“

„Schtimmt“, stimmte der Assistent zu. „Der muss doch jeden Daach nervöser soi!“

Der Kommissar rief den Museumsleiter an und stellte das Telefon auf laut. Der Mann war seltsam einsilbrig.

„Hat sich der Schürzendieb gemeldet?“

„Nä“, sagte der Museumsleiter.

„Spätestens am Sonntag wollte er sich aber melden.“

„Kann schun soi.“

„Ich rufe an, weil ich planen muss. Wir brauchen möglichst viele Leute, falls am Sonntag schon die Geldübergabe stattfindet. Dann schnappen wir ihn.“

„Dess iss nit nödisch.“

„Was soll das heißen?“

„Ei mir, äh isch, hab mir übberleescht, dass es vielleischt besser wär ohne Bolizei, weil dess Risiko zu hoch iss, dass es schief geht, unn dann macht der Kerl alles vielleischt kaputt. Dess sinn unersetzlische kuldurelle Werte unn desdewesche will isch nit, dass ...“

„Den hat jemand geimpft!“, sagte der Assistent. „Isch kann mir aach vorschtelle, wer dess war! Was mache mir jetzt? Soll isch den Borsch in die Mangel nehme?“

„Nicht nötig. Wir ermitteln einfach ruhig weiter. Wie Rudi Scharping. Gaanz laangsam und gründlich.“

Freitag, 10 Uhr: „Ganz gemütlisch“.

„Wozu brauchen wir eigentlich Badesachen?“, fragte Franky, „wenn wir in Kostheim ermitteln?“

„Weil es Schwimmbad uff de Maarau zu Kostheim gehört“, erklärte Herbert, und blies einen dicken Rauchkringel in den BMW.

„Und warum gehen wir ins Schwimmbad?“

Karl: „Weil mir die Erna daheim uff die Erbs geht. Alsfort Kellersanierung, Umsatzschteuervoranmeldung und was fer en Käs! Da hoste kä fünf Minudde doi Ruh!“

Im Schwimmbad legten sich die drei Detektive hinter dem Volleyballfeld unter einen großen Baum und schliefen sofort ein. Aber sie wurden unsanft geweckt.

Es piepste, klingelte und vibrierte pausenlos. Um sie herum lungerte eine Gruppe Studenten. Die Studenten redeten nicht miteinander, sondern quasselten pausenlos in ihre Handys. Sie gingen nicht ins Wasser, weil sie da nicht telefonieren konnten. Aus dem gleichen Grund konnten sie nicht Volleyball spielen, oder pinkeln gehen. Sie starrten auf ihre kindischen Handys und bekamen Panikanfälle, wenn sie drei Minuten keinen Anruf bekamen. Dann riefen sie irgendjemand an: „Hallo, hier ist der Florian. Ich bin auf der Maaraue. Sims mir, ob du kommst, oder keine Ahnung, auch wenn nicht.“

In jedem Satz sagten sie: „keine Ahnung“.

„Dess halt isch im Kopp nit aus!“, schimpfte Herbert. Er ließ seine zeltgroße Badehose fallen, streckte den Studenten den dicken Arsch hin, und zog sich an.

„Einsatzbeschpreschung am Woiprobierschtand!“, befahl Karl Napp.

„Was waren das für Prolls?“, fragte ein Student.

„Keine Ahnung“, sagte ein anderer.

Freitag, 14 Uhr: Pressekonferenz

„Die Mainzer Sonderkommision Helau steht im Fokus der Öffentlichkeit“, verkündete der Polizeipräsident.

„Wie meinen Sie das?“, fragte Mittelstädt.

„Genau so“, sagte der Polizeichef und deutete auf kritische Presseartikel wie: **SOKO Helau tappt hilflos im Dunkeln! Haben Wiesbadener die Lederschürze von Ernst Nescher gestohlen? Wollen die Diebe Lösegeld? Empörte Fassenachter demonstrieren am Mainzer Tahiriplatz vor dem Proviantamt gegen Untätigkeit der Polizei! Museumsmitarbeiter beklagen mangelndes Engagement der Mainzer Kripo! Feministische Gegendemonstrantinnen fordern die Abschaffung der sexistischen Fassenacht! Moslemische Mitbürger demonstrieren gegen die Verulkung ihrer Religion durch Fassenachtsverkleidungen als „Scheich“ oder „Haremsdame“. Bereitschaftspolizei trennt Massenschlägerei zwischen Fassenachtsgegnern und Anhängern. Drei leichtverletzte Polizisten. Bekannter Fassenachtsaktivist tritt in Hungerstreik, bis das Schicksal der gestohlenen Schürze aufgeklärt ist!**

„Und das da“, sagte der Polizeipräsident.

Mittelstädt war kurz vorm platzen, als er die Stellungnahmen von Mainzer Lokalpolitikern las. Die hatten nichts wichtigeres zu tun, als per Twitter ihren unqualifizierten Senf dazuzugeben.

„Und das“, sagte der Oberpolizist besorgt.

Inzwischen hatten sich Internetforen gebildet. Tausende Menschen hatten nichts anderes zu tun, als stundenlang vor ihrem Computer zu sitzen und aufgeregte Stellungnahmen über den Raub der Mainzer Heiligtümer zu verbreiten. Verschwörungstheorien waberten durch das weltweite Netz..

„Da sind sogar Bombendrohungen dabei“, warnte der Polizeipräsident. „Das müssen wir ernst nehmen.“

„Ich muß jetzt zur Pressekonferenz“, sagte Mittelstädt. Die Pressekonferenz war schlimm. Die Zeitungen sparten gerne an journalistischer Qualität. Studenten der Mainzer Uni, die für wenig Geld Lokalredakteur spielen durften, sollten Artikel über Mainz schreiben. Sie kamen aus Düsseldorf, Karlsruhe, oder sonst woher. Als Vorbereitung auf die Pressekonferenz hatten sie im besten Fall drei Minuten den Namen „Ernst Neger“ gegoogelt.

„Ich arbeite für ein regionales Magazin“, behauptete eine Journalistin. „Ist dieses ‚Lederscherzje' wirklich so wichtig für alle Mainzer?“, fragte sie, und lachte dumm.

„Dämliche Frage beantworte ich nicht!“, sagte Mittelstädt, und brach die Pressekonferenz ab. Aus lauter Wut ging er ins „Ferzje“ , trank acht Bier und vier Kurze.

„Einfach zum Kotzen“, murmelte Mittelstädt und genoss die internetfreie Zone im Ferzje. Es war eine sterbende Kneipe, das sah man. Die wenigen Gäste waren so alt wie die Wirtin, oder älter. An der Wand hing die Traueranzeige für einen Gast, der sich vermutlich totgesoffen hatte. Wie konnte man von den paar überlebenden Gästen leben?

Aber die ehemalige Sekretärin des Fassenachtsvereins lachte, babbelte und würfelte mit ihren Gästen, als ob sie die glücklichste Wirtin der Welt wäre.

„Komisch“, dachte der Kommissar. Als die Frau kurz in der Küche verschwand, sah er durch die geöffnete Tür einen Fleischklopfer aus Metall an der Wand hängen.

„Bei de Messerschtescher“

Am Kostheimer Weinprobierstand war die Welt in Ordnung. Die Winzerin hatte die Lage jederzeit fest im Griff. Was sie gar nicht leiden konnte, waren Schwätzer, die vorne den Betrieb aufhielten, damit dahinter die Schlange der Durstigen immer länger wurde. Zum Beispiel, indem sie erst stundenlang die Weinkarte studierten, und dann saudumme Fragen stellten.

Schwätzer: „Ich bevorzuge trockenen Riesling. Welchen Wein können Sie mir denn empfehlen?“

Winzerin: „Trink die Nummer Ääns. Schmeckt genau so gut wie die Sibbe, kost abber nur die Hälft!“

Gast: „Kann ich ein Probeglas bekommen?“

Winzerin: „Frisst Du in de Metzgerei erst ä halb Fleischworscht, bevor de en ganze Ringel kääfst?“

Schwätzer: „Na gut. Haben Sie auch stilles Wasser? Und welche Marke haben Sie denn da?“

Winzerin: „Jetzt langt mir’s abber. Sauf Woi! Schtilles Wasser kannste da vorne am Brunne hole!“

Karl grinste sich eins, holte drei Sauergeschpritzte auf Brezelmüllers Kosten, und erklärte den Beiden das Wesen der Kostheimer.

Eigentlich waren sie alle, wie die Winzerin. Sie trugen ihr Herz auf der Zunge. Man konnte mit ihnen gut babbeln, durfte ihnen aber nicht dumm kommen. Auf keinen Fall sollte man sie als „Kostemer Nikoloos“, oder als „Kostemer Messerschtescher“ anreden. Dann gab’s Ärger. Man sollte generell besser keinen Streit mit ihnen anfangen.

Echte Berufskostheimer erkannte man daran, dass sie Mitglied in mindestens 20 Vereinen waren und in Altkostheim geboren waren; auf keinen Fall in der „Siedlung“, oder gar im „Kängeruhviertel“. Die Kostemer hatten lustige Familiennamen wie „Stoppelbein“, „Schiefelbein“, oder auch „Schaffnit“, und wohnten im „Nasegässje“, oder in der „Hinteren-, Mittleren-, Vorderen Steinchenstraße“. Es sollen schon Briefträger „depp“ geworden sein, bis sie in diesen verwinkelten Gässchen alle Briefkästen gefunden haben.

„Gut“, sagte Franky. „Wo fangen wir an, zu suchen?“

Herbert wurde in den „Postillon“ geschickt, wo er sich festbabbelte und nicht mehr fortkam, weil es ihm dort gefiel. Franky musste in die „Schwarze Hand“, die seit kurzem „Claudi’s Kneipe“ hieß. Dort war aber keiner zu sehen, der mit Geld um sich warf. Anschließend ging er ins Cafe von Mike Östereich in der Eichenstraße.

„Ja, ja“, grinste Mike. „Immer sinn die Kostemer schuld. Seh isch aus, als dät isch in ä Museum gehe?“

Dann rief Erna an. Franky erhielt den Befehl, bei Schilling und bei Bott „Woi zu kaafe“.

Karl marschierte ins Cafe von Toni Östereich in der Hauptstraße und unterhielt sich mit Chefin Petra. Die meinte: „Also, de Toni hat’s Scherzje nit geklaut. Der hot gar kä Zeit fer so en Kokolores zu mache.“

Toni war der Präsident vom KCK und steckte jede freie Minute in den Fassenachtsverein.

Kurz vor Feierabend landete Karl im Friseurladen in der Winterstraße. Christel machte gerade die Haare einer achzigjährigen Frau hübsch, die zur Feier des Tages ein „Piccolöösche“ trank.

„Isch war’s nit“, gickelte die alte Frau.

Dann rief Franky an. Er hatte sich in der Hinteren Kirschgartenstraße verlaufen, und fand den Treffpunkt nicht.

„Fraach ääfach nach em Beizje!“, befahl Karl.

„Was ist denn das?“ , fragte Franky. Jetzt stand er mit Karl vor einem kleinen verwinkelten Eckhaus. „Zum Sängerheim“ stand da in verblichenen Buchstaben.

„Dess iss es Beizje“, erklärte Karl. „Kostemer Weltkuldurerbe“, sagte er noch und drückte die altertümliche Tür nach innen. „Abber eischentlisch iss dess die Wohnschtubb von Kostem.“

„Ich seh nix“, maulte Franky und rieb sich die brennenden Augen. Er stand in einer Kneipe, soviel war klar. Und dass hier in den letzten hundert Jahren keiner gewesen war, der nicht geraucht hatte, war auch klar.

„Dier zu!“, rief ein Gast.

Franky zog die Tür zu, damit kein Rauch entwich.

„Guude!“, hustete Karl in den Nebel und schon boten ihm zwei Eingeborene Platz an ihrem Tisch an. Ferdi und Peter hießen die beiden.

Ferdi: „Du bist gar kään rischdische Kostemer!“

Peter, empört: „Wieso?“

Ferdi: „Weil Du aus de Siedlung kimmst!“

Franky verstand nur Bahnhof. Als sich seine brennenden Augen an den Rauch gewöhnt hatten, erkannte er eine niedrige Decke und krumme Wände. Eigentlich fehlte nur noch ein alter Ofen, dessen Rohr sich an dem Deckenbalken entlang zum Kamin schlängelte. Alle Wände waren nikotingelb, unterbrochen von alten Heldenfotografien. Er kam sich vor, wie in einer anderen Welt. Auf den Bildern waren magere Kostheimer Kinder Jahrgang 1940 zu sehen, die als sechsjährige Hungerhaken abgelichtet wurden, 1970 zentnerschwere Gewichte hoben und als Siebzigjährige immer noch in der Kneipe saßen, wo sie schon als zehnjährige Buben ihren „Babba“ abgeholt hatten, weil der immer freitags die Lohntüte versoff.

„Das gibt's doch gar nicht!", sagte Franky verwundert.
„Ei sischer gibt's dess!", sagte der Alte gegenüber und zeigte auf ein Foto. „Dess iss moin Oba", sagte er stolz.

Franky sah auf ein noch älteres Foto. Darauf sah man junge Kostheimer Schwerathleten im Jahr 1920. Männer, die tagsüber schwer arbeiteten, um abends Hanteln zu schwingen und zu ringen. Als Bodybuilder war Franky tief beindruckt von den Figuren der Männer. Die hatten damals kein Kreatin, sie hatten keine glänzenden Kraftmaschinen, sie hatten gar nichts, außer ...

„Was wollt ihr tringe?", fragte der Wirt höflich.

„Pils", sagte Franky.

„Pils iss nit so gut", sagte der Wirt auf griechisch-kostheimerisch, „weil dess hier wenisch getrunke werd."

„Bring dene Bube zwää Export", entschied Ferdi, „isch geb ääner aus."

„Warum gibste ääner aus?", fragte Karl.

„Weil isch Oba werd!", sagte Ferdi stolz wie Oskar.

Da öffnete sich die Tür und eine junge Frau kam herein.

„Guude, Du alt Schneck!", brüllte ein Sechzigjähriger zur Begrüßung.

Die Frau ging ohne Eile durch die Reihen, begrüßt alle Bekannten, streichelte dem Schreihals über die Glatze und sagte: „Du bist unn bleibst en Dummbabbler!"

Ferdi erklärte: „Es gibt Dummbabbler, unn es gibt Scheißdrecksbabbler."

Franky: „Was ist da der Unterschied?"

Ferdi: „En Dummbabbler iss witzisch. Abber en Scheißdrecksbabbler, der geht der äfach uff die Makron."

Franky sah sich um. Die Kneipe war voll. Weit und breit sah er Dumm- , aber keine Scheißdrecksbabbler.

Die Biere rollten immer schneller. Man musste nicht bestellen. Der aufmerksame Wirt schenkte sofort nach.

Nur der arme Franky musste sich beherrschen. Er sollte nachts noch an der „blauen Lagune“ ermitteln. Das war die Araltankstelle in der Hochheimer Straße, beliebter Treffpunkt für Kostheimer Nachtschwärmer, wenn die Kneipen schon zu hatten.

Da ging die Tür auf und ein alter Mann kam herein. Die Jungen an der Theke machten ihm Platz. Der alte Mann setzte sich an die Theke, las Bildzeitung und rauchte.

„Jetzt isses halb acht“, sagte Ferdi.

„Wieso?“

„Weil de Herbert immer um halb acht kimmt“, erklärte Ferdis Sohn Eric. Er kloppte mit Geo Karten.

Inzwischen babbelten alle quer über die Tische hinweg. Die Kostemer waren große Anhänger der kostenlosen Nachbarschaftshilfe. Dauernd verhackstückten sie, wer wem wann und wie beim Hausumbau helfen könnte. Eigentlich waren sie dauernd „am schaffe“, weil sie die kleinen Häuser in den engen Gassen so lange an- und umbauten, bis drei Generationen hineinpassten.

Inzwischen war da auch der starke Ralph und der „Kanzler vom Östereich“. Ferdi gab Schnäpse aus, weil er sich freute, Opa zu werden. Karl verlor den Überblick, weil er keinen Schnaps vertrug.

„Ääner geht noch!“, befahl Ferdi.

Dichter Nikotinrauch waberte um die Köpfe, Elvis Presley krächzte aus der Musikbox.

Und wieder ging die Tür auf. Ein magerer, schwer tätowierter Mann mit irrem Blick kam in die Kneipe.

„Wer issen dess?“, fragte Karl.

„Dess iss de Manila-Seppel.“

Der Bursche sah verdächtig aus. Hatte Manila-Seppel das Mainzer Fassenachtsmuseum ausgeraubt?

„Um Goddes Wille!“,

murmelte der Museumsleiter. Mit zitternden Händen öffnete er den Umschlag. Er bekam einen Stich ins Herz, als er den zertrümmerten Orden sah, und das Begleitschreiben las. „Sonntag um 12 Uhr am Museum. Komm alleine auf einem Fahrrad, und mit dem Geld.“

Es war Samstag, 10 Uhr. Er rief sofort den Paten an. Brezelmüller trommelte die Handkäsmafia zusammen. Große Aufregung, erregtes Geschwafel.

„Ruhe!“, brüllte Brezelmüller, und las den Text vor.

„Was soll das?“, fragte Genosse Nobby. „Warum soll der Museumsheini Fahrrad fahren?“

„Damit er vom radeln müde wird und keinen Widerstand leistet“, spekulierte der Ölprinz. „Vermutlich findet die Übergabe dann in schwierigem Gelände statt.“

„Hast Du ein Fahrrad?“, fragte der Pate ins Telefon.

„Ja“, stammelte der Museumsleiter. „Abber isch bin vor 30 Jahr es letzte Mal Rädsche gefahr. Seitdem ...“

„Habt ihr Fahrräder?“

Die meisten hatten keines. Aus Statusgründen fuhren sie jeden Meter mit dem Auto. Deshalb fuhr die ganze Handkäsmafia in geschlossener Formation zu „Fahrrad Rosskopp“ nach Kostheim und kaufte Räder. Grieser fiel beim Probefahren um, und schlug sich das Knie auf.

Toni: „Zu bleed, um e Loch in de Schnee zu pinkele!“

„Ich will ein Elektrofahrrad“, forderte Genosse Nobby.

Jedenfalls kauften sie nur erstklassiges Material.

„Mach en guude Preis!“, sagte Fleischworschttoni zu Fahrradtoni.

„Morgen um acht Uhr mit aufgepumpten Fahrrädern und geladenen Handys am Museum!“, befahl der Pate.

Schoell-Nadinn! Isch haach der uff die Fratz!

Am Samstag ging Herbert mit Rudi „uff die Jacht“. Franky musste dringend nach Alzey, um einen Bodybuilderwcttkampf anzusehen.

Nachmittags wollte Karl in Kostheim im „Weingut Scheerbaum“ einen Informanten treffen. Erna ging mit, weil sie keine Lust zum kochen hatte. Alle Tische waren voll besetzt, außer einem. Da saß nur ein junges Paar mit Kind. Kaum hatten sich Karl und Erna gesetzt, wurde ihnen sofort klar, warum hier soviel Platz war.

„Uuäähh!“, brüllte das Kind und schmiss Gläser um.

Das Mädchen war ungefähr drei Jahre alt und hatte einen Doppelnamen, den seine Eltern nicht aussprechen konnten. Deshalb hatten sie das teure Kinder-T-Shirt mit „Joel-Nadine“ bedrucken lassen.

„Schoell-Nadinn“, befahl die Mutter in angestrengtem Deutsch. „Hör jetzt auf, so laut zu kreischen!“

„Uäärrhh!“, plärrte Joel-Nadine noch lauter.

„Wenn isch so Eldern hätt“, behauptete Erna. „Dann dät isch aach de ganze Daach kreische.“

Die Eltern waren ein klarer Fall für die Geschmackspolizei. Sie trug eine überdimensionale Sonnenbrille wie Paris Hilton, weshalb sie aussah wie Puck, die Stubenfliege. Ansonsten plapperte sie pausenlos in ihr Händi. Er spielte den Unternehmensberater, der pausenlos auf seinem Läptop herumhämmerte. Zu sagen hatten sich die beiden nichts. Mit ihrer Tochter redeten sie auch nicht.

„Uähhrrhh“, plärrte das Kind verzweifelt.

Joel-Nadine war die ärmste Sau im reichen Deutschland. Sie hatte einen tollen Doppelnamen, den niemand aussprechen konnte, sie hatte einen tollen Kinder-Buggy und tolle Kindermarkenklamotten. Aber sie hatte keine Eltern, die mit ihr redeten.

„Nein, das geht gar nischt“, plapperte Mami ins Händi, und unterbrach das Gespräch, weil ihr Zweithändi klingelte. „Ookää?“, plärrte sie, um ihrer Zweitfreundin zuzuhören. Dann schaltete sie auf Konferenz, um mit beiden gleichzeitig telefonieren zu können.

„Uuäärrhh!“, brüllte Joel-Nadine, weil sich niemand um sie kümmerte.

Derweil schickte Papi fleißig E-Mails ab und schrieb in Face-Book: „Sind gerade bei Scheerbaum.“

Zwischendurch wollte Joel-Nadine mit ihrem Papa spielen. Deshalb grapschte sie seinen Laptop an.

Vater, streng: „Schoell-Nadinn! Das geht gar nischt! Das ist ein absolutes No-Go!“

Mutter: „Anna simst, dass sie doch nicht kommt!“

Papa: „Isch schick ihr eine Mehl, dass wir jetzt essen!“

„Uuärrhh!“, schrie Joel-Nadine, raste um den Tisch, ließ sich hinfallen, und brüllte in der verzweifelten Hoffnung, dass sich jemand um sie kümmerte.

Der Vater suchte derweil auf dem Läptop die Internetseite vom Scheerbaum, um Essen zu bestellen. Dann fiel ihm ein, dass er einfach die Bedienung rufen konnte.

„Uaarrhh!“, brüllte Joel-Nadine, empört über die asoziale Blödheit ihrer Eltern.

„Schoell-Nadinn!“, zischte die Mutter empört. „Isch will dellefonieren, und dein Baba muss arbeiden!“

„Uäähhh!“, brüllte Joel-Nadine mit vollen Lungen.

„Dess iss besser als wie Kabarett“, knurrte Karl.

Dann kam das Essen. Aber selbst dabei stellten sie nicht ihre Spielzeuge aus. Pausenlos summte das Händi, kamen E-Mails an. Joel-Nadine brüllte und spuckte Brei aus dem Hipp-Hopp-Glas über den Tisch.

„Was iss dann jetzt los?“, schrie Karl gegen den Lärm. Erna: „Wenn’s Schnitzel gibt, unn du sollst Hipp-Hopp-Brei esse, dann dätst du aach kreische!“

Als sie Brei über das schicke Kinder-Shirt sabberte, lief Mutti zu Höchstform auf. „Schoell-Nadinn!“, rief sie empört: „Du bist ja ganz voller Knooster!“

An den Nebentischen machte sich Unmut über das permanente Geschrei und die saublöden Eltern breit.

„Uäärrhh!“, brüllte Joel-Nadine und spuckte Brei über Mamas kostbares Handy.

„Schoell-Nadinn!“, schrie die Mutter: „Gleisch haach isch der in die Fratz!“

Karl verschluckte sich vor Lachen, hustete und spuckte seinen Sauergeschpritzden über den Tisch.

„Zahlen!“, brüllte Papi. Er gab der polnischen Kellnerin zur Strafe kein Trinkgeld. Als ob die etwas dafür konnte, dass es in Deutschland keinen Kinderführerschein gab.

Vor der Flucht schüttelte Mutti den Kinderwagen aus. Dabei flog Papis teures Händi durch die Luft, und zerschellte auf dem Kies.

Er, brüllend: „Du hast mein Händi kabudd gemacht!“,

Sie: „En Händi legt man nischt in den Kinnerbaggi!“

Joel-Nadine: „Uäähh!“.

Als die drei zeternd das Weingut verließen, klatschten alle Gäste im Hof Beifall.

Dann kam Informant Harry. Er wohnte in Kastel und kannte ganz Mainz, weil er lange Jahre im „Weinhaus Bluhm“ gekellnert hatte. Harry kannte zwar niemand, der plötzlich reich geworden war, wollte aber „gemütlisch ääner büüschele“. Da bügelten Erna und Karl einen mit.

„Heut geht's um die Worscht!",

sagte die Wirtin grimmig. Es war Sonntag, 05.30 Uhr. Sie lud den Krempel in den Kofferraum, und fuhr nach Mombach zum Ruderverein. Seit 40 Jahren hatte sie einen Schlüssel für die Halle. Sie schleppte ihr altes Zweierkajak zum Steg und verstaute den Fassenachtskrempel im Fußraum vom vorderen Sitz. „Pling", jammerte die alte Geige in dem blauen Müllsack, als sie das sperrige Modellboot hinterherschob. Das „Schiffschebootsche" ragte hochkant aus dem Sitz. Deshalb warf sie eine Plane darüber.

„Sischer iss sischer", murmelte die Wirtin und paddelte langsam am Flussufer rheinaufwärts. Auf der Höhe von Weisenau stieg sie aus, machte das Kajak fest, und ging zur Gaststätte „Rhoischnook". So früh sonntags war hier kein Mensch zu sehen.

Seit man den Bahnübergang geschlossen hatte, war die Kneipe am Rheinufer nicht mehr mit dem Auto zu erreichen. Sie hängte eine Plastiktüte an die Tür. „Für den Hüter der heiligen Lederschürze" hatte sie auf die Tüte geschrieben.

„Hä, hä", lachte die Wirtin und paddelte weiter. Dann querte sie den Rhein und landete auf der Halbinsel vor Ginsheim. Auch diese Stelle war mit dem Auto schwer erreichbar. Autofahrer mussten mit der kleinen Fähre übersetzen, oder bis zum Steindamm fahren. Und dann mussten sie noch zu Fuß im Gebüsch diese Stelle finden.

Die Wirtin zog ächzend das Kajak ins dichte Gestrüpp, rauchte und wartete. Neben ihr lagen das unregistrierte Handy und das Fernglas. Es war 8 Uhr. Um 12 Uhr wollte sie den Museumsleiter anrufen.

„Zulu Zwei, kommen!“,

rief Brezelmüller ins Handy.

„Hier Zulu Zwää!“, plärrte Toni in sein Telefon.

Auch Zulu Drei, Vier, Fünf und Sechs meldeten sich.

„Zulu Eins an alle!“, befahl Brezelmüller. „Uhrenvergleich: Es ist 11:15 Uhr.“

Seit acht Uhr hatte sich die Handkäsmafia unauffällig um das Proviantamt herum verteilt. Alle waren mit nagelneuen Rädern und Fahrradklamotten in schreiend bunten Farben ausgerüstet. Zulu Zwei Fleischworschtoni hatte sich sogar ein Rennrad gekauft, damit er den Erpresser schneller verfolgen konnte. Zulu Drei Hohlblockfriedel bildete die motorisierte Eingreiftruppe. Er saß in seinem 600er Pullmann und glühte vor Wut. Fleischworschttoni hatte ihm einen Ochsenziemer gegeben, um den Erpresser zusammenzuschlagen.

„Wenn isch den verwisch!“, knurrte Friedel und packte den Ochsenziemer so fest, dass die Knöchel weiß wurden, „dann mach isch en platt!“

Vom Erpresser selbst war nichts zu sehen. Das Fassenachtsmuseum war zu. „Wegen Überfall geschlossen!“ stand auf dem Schild an der Tür.

Daneben stand der Museumsleiter mit 30000 Euro im Rucksack. Er hatte vom Paten einen Anschiß bekommen, weil er kein vernünftiges Rad gekauft, sondern sein altes Klappfahrrad aus der Garage geholt hatte.

„Hoffentlisch geht dess gut“, schnaufte der Museumsleiter. Dann zuckte er zusammen, weil sein Handy klingelte. Es war Punkt 12 Uhr.

„Geh ans Telefon!“, brüllte Brezelmüller aus seinem Versteck vor der Tiefgarage.

„Kall Napp“,

sagte Karl Napp, als er um 12 Uhr den Hörer abnahm.

„Kall!“, brüllte Reichsjägermeister Herbert Dickmilch ins Telefon. „Isch hab heit nacht am Donnersbersch än Rehbock geschosse. Blattschuss uff 300 Meder! Unn ...“

Im Hintergrund hörte man fröhliche Jäger grölen, und Dackel Rudi bellen.

„Du Aff“, sagte Karl, nachdem er aufgelegt hatte. Dann radelte er nach Kostheim in die Gartenanlage hinter dem Friedhof. Er suchte die Informantin Ruth, hatte aber die Adresse vergessen. Hier gab es ungefähr 100 Gärten.

„Isch such de Gaade von de Ruth“, fragte er.

„Kenn isch nit“, sagte ein Mann, der grillte.

„Irschendwo im Sampel“, sagte Karl.

„Im Sampel, odder Im Mittlere Sampel, odder Im Hintere Sampel?“

Nach einer Stunde vergeblicher Suche, kam er auf die Idee nach „der Fraa mit der Wutz“ zu fragen. Das wussten alle Gartenfreunde und zeigten Karl den Weg.

„Im Hinterste Sampel, du Simpel!“, sagte Ruth zur Begrüßung. Neben ihr grunzte „Rambo“. Rambo war ein Wildschwein, das sie in ihrem Garten großzog. Allmählich wurde Rambo aber zu groß. Wenn er auf ihren Schoß sprang, um zu schmusen, warf er sie glatt um. Sie hatte überall blaue Flecken.

Karl: „Ruth, saach emol. Weest du vielleischt, wer ...“

Die Mainzer Exwirtin Ruth kannte Gott und die Welt, aber niemand, der das Museum überfallen hatte.

Karl lud sie auf Brezelmüllers Kosten ein, im „Weingut Haupt“ ordentlich zu essen und zu trinken. Heute gab es Wildschweinbratwürste.

„Geh ans Telefon!“, brüllte Brezelmüller.

Der Museumsleiter nahm das Gespräch an. Eine rauchige Stimme sagte: „Guck in de Briefkaste!“

Der Museumsleiter öffnete den Briefkasten, und zog einen Zettel heraus. Darauf stand: „Ich beobachte dich. Fahr auf dem Fahrrad alleine am Rhein entlang zur Rhoischnook. Dort ist eine Tüte für dich. Ich rufe um 12: 30 Uhr an. Wenn ich Polizisten, oder sonst jemand sehe, zerstöre ich den Fassenachtskram.“

Der Museumschef stieg auf sein Klapprad und radelte los. Mit Head-Sed bewaffnet, rief er Brezelmüller an. „Psst. Isch soll um halb Ääns an de Rhoischnook soi. Da wär ä Dutt fer misch. Obacht. Der beobacht misch!“

Es war 12:03 Uhr. Einsatzleiter Zulu Eins Brezelmüller wartete, bis der Museumsleiter außer Sichtweite war. Dann erteilte er Einsatzbefehle.

Zulu Drei Hohlblockfriedel sollte zur Kneipe fahren und unauffällig beobachten, ob dort ein Verdächtiger sei. Zulu Zwei Fleischworschttoni sollte vor dem Museumsleiter den Radweg am Rhein auf Verdächtige kontrollieren. Zulu Eins Brezelmüller wollte sich hinter dem Klapprad halten, um den Einsatz zu koordinieren. Zulu Grieser, Nobby und Ölprinz sollten die Nachhut bilden. Sie mussten eine fröhliche Radlergruppe spielen. Auch sie sollten die Augen offen halten. Kein Außenstehender durfte erkennen, dass die Männer in irgend einer Verbindung zu dem einsamen Klappradfahrer standen.

„Zulu Zwei! Los!“

Fleischworschtoni warf sich auf sein Rennrad und raste sofort los, wie ein Irrer. Mit dem größten Gang, den er finden konnte, fegte er durch die Innenstadt Richtung

Rheinufer. „Platz!“, brüllte er die Passanten beiseite. Mit einem Affenzahn überholte er den schnaufenden Klappradfahrer. Früher war Toni ein guter Ringer gewesen, und Kraft hatte er heute noch. Aber vor allem hatte er Übergewicht und keine Kondition. Schon an der Eisenbahnbrücke bekam er einen knallroten Kopf. Dann überholte er einen Jogger. Dabei sah er ihm ins Gesicht, weil er grundsätzlich jeden verdächtigte, der hier unterwegs war. Gleichzeitig kam ihm ein Radfahrer entgegen.

„Scheiße!“, brüllte der Metzgermeister. Er versuchte auszuweichen, bremste falsch und überschlug sich, weil er mit den Klickschuhen nicht aus den Pedalen kam.

„Zulu Drei: Los!“, kommandierte Brezelmüller.

Hohlblockfriedel startete mit quietschenden Reifen. Er hupte, überholte, gab Dauerlichthupe, und raste Richtung Weisenau. „Scheiß Sunndaachsfahrer!“, schrie er. Da leuchtete auf dem Dach von dem blauen Auto vor ihm eine Anzeige auf: „Bitte Folgen!“, stand da. Es war eine Polizeistreife. An der Tankstelle in der Wormser Straße fuhr er rechts ran, und versuchte ruhig zu bleiben.

„Hallo“, sagte der Polizist. „Sie sind innerhalb der geschlossenen Ortschaft 45 Kilometer zu schnell gefahren, haben das Überholverbot missachtet, und Verkehrsteilnehmer durch Drängeln genötigt. Das wird teuer.“

Auch der Museumsleiter hatte zu kämpfen. Er war wirklich seit 30 Jahren nicht mehr Fahrrad gefahren. Seine Lungen pfiffen. Und jedes Mal, wenn das Handy klingelte, zuckte er zusammen. Zulu Eins fuhr 30 Meter hinter ihm, und rief dauernd an.

„Siehst du Verdächtige?“, fragte Brezelmüller.

„Nä“, schnaufte der Museumsleiter schweißgebadet.

„Fahr schneller, sonst kommst du zu spät!“

„Moi Herz!“, japste der Museumsleiter.
„Quäl disch, du Sau!“, zischte Zulu Eins.
Zulu Vier bis Sechs hielten sich 50 Meter hinter Brezelmüller. Sie beobachten alle Spaziergänger, Skater, Jogger und Radfahrer, die unterwegs waren. Der Ölprinz maulte, weil er Brezelmüllers Organisation für unprofessionell hielt. Grieser hing auf seinem Rad, wie ein Affe auf einem Schleifstein. Genosse Nobby kam mit seinem Elektrofahrrad nicht zurecht. Als er endlich peilte, wie das Ding funktionierte, schoss er nach vorne wie eine Rakete.
„Zulu Vier! Hinten bleiben!“, brüllte Mannschaftskapitän Brezelmüller.
Der Ausreißer ließ sich zu seiner Gruppe zurückfallen.
„Mit einem Elektrofahrrad kann das jeder!“, meckerte Grieser schnaufend.

Nur die Wirtin hatte es ganz gemütlich. Sie lag im Gebüsch auf der linken Rheinseite, rauchte und beobachtete mit dem Fernglas das andere Ufer. Viel zu tun hatte sie nicht. Um 12 Uhr hatte sie das alte Handy eingeschaltet und gesagt: „Guck in de Briefkaste!“ Dann hatte sie das Handy wieder ausgeschaltet. In einem Krimi hatte sie gelesen, dass man ausgeschaltete Handys nicht orten konnte. Um ihre Stimme machte sie sich auch keine Sorgen. Tabak, Alkohol und Kneipenluft hatten ihr einen rauchigen, tiefen Klang verliehen. Jeder, der mit ihr telefonierte, hielt sie für einen Mann. Es war 12: 20 Uhr.
„Gleisch muss der Aff an de Rhoischnook soi“, murmelte die Wirtin.

Toni rappelte sich hoch. Seine Knie waren zerschunden und eine Hand verstaucht. Fluchend schwang er sich auf das Rennrad, und fuhr weiter. Das Rad eierte. Anscheinend hatte er einen Achter. Aber nichts hält einen wütenden Metzgermeister auf. Tobend stieg er aus dem Sattel, wuchtete den großen Gang hinein, und trat in die Pedale. „Weg!", brüllte er alle Radler, Skater und Jogger an, die auf dem schmalen Fahrradweg unterwegs waren. Gerade, als er wieder Fahrt aufgenommen hatte und der Tacho 30 Km/H anzeigte, klingelte sein Handy. Toni fummelte das Ding aus der hinteren Trikottasche und hielt den Lenker mit einer Hand. Vor ihm rechts fuhr ein Mann auf einem Rad, vor ihm links lief ein Hund. Toni übersah, dass zwischen Rad und Hund eine Hundeleine quer über den Weg hing.

„Hier Zulu eins! Siehst Du einen Verdächtigen?"

„Näää!", brüllte Toni, und dann tat es einen furchtbaren Schlag.

„Zulu Zwei! Kommen!", rief Brezelmüller, aber Zulu Zwei antwortete nicht mehr.

„Soso", sagte der Polizist. „Sie haben einen Ochsenziemer im Wagen dabei, aber keine Papiere?"

„Hab isch vergesse!", knurrte Hohlblockfriedel und bellte: „Isch hab's eilisch!"

In diesem Moment hörte der Polizist durch die Freisprechanlage in Friedels Auto einen Anruf: „Zulu Drei! Kommen! Hast du eine Spur vom Erpresser?"

„Aha", sagte der Polizist. „Ein Ochsenziemer und keine Papiere, aber merkwürdige Anrufe!"

„Dess iss unser Hobby", behauptete Friedel. „Sunndaachs schpiele mir immer Räuber unn Bolizist."

„Interessantes Hobby", sagte der Polizist, und bat seinen Kollegen, Friedels Personalien zu überprüfen.

Mit hochrotem Kopf, pfeifenden Lungen und brennenden Oberschenkeln fuhr der Museumsleiter mit dem Klapprad auf den Unfall zu. Es sah furchtbar aus. Toni, der andere Radfahrer, der Hund, und die zwei Räder bildeten ein großes Knäuel. Toni blutete und brüllte, der andere Radfahrer stöhnte und der Hund jaulte. Daneben standen besorgte Passanten und telefonierten den Notarzt herbei.

„Weiterfahren!", brüllte Einsatzleiter Brezelmüller von hinten.

Der Museumsleiter tat, als ginge ihn der Unfall nichts an und fuhr weiter zur „Rhoischnook". Es war schon kurz vor halb eins.

Zulu Eins Brezelmüller konnte auf Einzelschicksale keine Rücksicht nehmen. Auch er fuhr am blutenden Metzgermeister vorbei. Vielleicht war der Unfall sogar vom Erpresser organisiert worden? Jedenfalls spürte Brezelmüller, dass die Operation schiefzugehen drohte. Mit Zulu Zwei Fleischworschttoni war jetzt sein bester Mann ausgefallen, und Zulu Drei Hohlblockfriedel steckte anscheinend auch in Schwierigkeiten. Er versuchte es noch einmal: „Zulu Drei! Kommen! Bist du schon an der Rhoischnook?"

„Nä!", zischte Hohlblockfriedel ins Telefon. „Isch bin in de Wormser Schtraaß, unn die scheiß Bulle wolle misch weesche Beamtebeleidischung festnehme!"

Fleischworschttoni blutete wie eine frisch gestochene Sau. Jetzt waren beide Knie offene Wunden, die Handflächen waren aufgeschürft, und aus dem rechten Ohr, mit dem er auf dem Asphalt gebremst hatte, flossen Ströme von Blut. Seine zerfetzte Radfahrerhose hing in Streifen am Arsch. Und das nagelneue Rennrad für 5000 Euro war nur noch Schrott. Carbonrahmen sind teuer und scheiße. Sie verbiegen bei jedem Sturz. Es geht nichts über gute alte Stahlrahmen. Aber, als Zulu Vier, Fünf und Sechs kamen, rappelte sich Toni hoch.

„Grieser!“, brüllte er wie ein alttestamentarischer Rachegott. „Geb mer doi Fahrrad!“

„Isch soll?“, fragte Grieser, aber da hatte ihn Toni schon vom Fahrrad geschubst.

Toni biss die Zähne zusammen, und quälte sich auf Griesers Mountonbike. Alles tat ihm weh.

„Fahrerflucht!“, rief der andere verletzte Radfahrer, und der verletzte Hund jaulte zum Gotterbarmen.

„Halt’s Maul, odder isch haach der uff die Fratz!“, knurrte Toni, und fuhr los.

Jetzt wollten Passanten die Polizei rufen. Aber da griff Zulu Sechs Ölprinz ein. „Ich bin Anwalt“, erklärte er. „Mein Mandant erklärt sich schuldig und bereit, Ihnen in vollem Umfang Schadensersatz zu leisten.“

Als der verletzte Radfahrer das hörte, fing er an, noch lauter zu stöhnen. Und der verletzte Hund heulte wie ein angeschossener Wolf.

„Scheiße, wir kommen zu schpät“, sagte Zulu Vier Nobby, als er auf die Uhr sah. Es war 12:30 Uhr. Er radelte los.

„Halt! Wart auf misch!“, rief Zulu Fünf Grieser, rannte hinterher, und setzte sich auf den Gepäckträger. Das war zuviel für den Akku von dem E-Bike. Der Akku machte Geräusche wie der berühmte Duracellhase, kurz bevor der Saft alle ist. Genosse Zulu Vier Nobby musste strampeln wie ein Idiot. Mit keuchendem Atem kam er um 12:40 Uhr an der Rhoischnook an.

„Wo sind die denn alle?“, fragte Grieser. Weder der Museumsleiter, noch der Pate, Toni, oder Friedel waren zu sehen. Wie vom Erdboden verschluckt.

Wirt Günther hatte sich nichts dabei gedacht, als er um Neun Uhr an die „Rhoischnook“ kam, und eine Tüte an der Tür hing. Er war von seinen Gästen Unfug gewohnt. „Irschend son Artist wird die Dutt schon abhole“, murmelte er und legte sie hinter die Theke. Dann drehte er Headbangermusik bis zum Anschlag auf, um in Ruhe die Kneipe vorzubereiten. Als der erste Gast kam, drehte er die Musik leise.

Um 12:27 Uhr kam ein abgehetzter Mann mit Rucksack an den Thresen gerannt und fragte panisch: „Iss hier ä Dutt fer misch abgebbe worde?“

Günther hielt die Tüte hoch: „Bist Du de Hüter der heilische Orde?“

Der Museumsleiter schnappte die Tüte und rannte auf die Toilette. In der Tüte war ein Päckchen. Er riss das Päckchen auf. „Zieh diesen Gürtel an!“, stand auf einem Zettel. Der Museumsleiter zog den Gürtel an. Es war ein billiger Gürtel mit einem kleinen Täschchen dran. Der Museumsleiter sah auf die Uhr: Es war 12:29 Uhr. Er wusch sich schnell das Gesicht, und trank aus dem Wasserhahn „Kranheimer“ wie eine verdurstende Kuh.

Um 12:30 Uhr klingelte sein Handy. „Der funkgeschteuerte Schprengschtoffgürtel iss jetzt aktiviert“, sagte die dunkle Stimme. „Wenn de Mucke machst, dann rappelts! Fahr an Rheinkilometer 477. Dort ruf isch um Punkt 12 Uhr 50 an. Denk dran, isch seh disch!“

Als der Museumsleiter aus der Toilette kam, war er kalkweiß und hatte Schweißperlen auf der Stirn.

„Iss Dir schlescht?“, fragte die Wirtin besorgt.

„Wie komm isch zu Rheinkilometer 477?“, fragte der Mann.

„Äfach als weider am Rhoi entlang. Wenn de vor em Schild schtehst, uff dem 477 schteht, dann biste rischdisch.“

Wortlos verließ der Mann die Kneipe. Er ging vorsichtig wie auf Eiern. Sachte setzte er sich auf sein Klapprad und fuhr weiter.

Einsatzleiter Zulu Eins Brezelmüller stand draußen in seinem grellrosa Fahrradtrikot und musterte unauffällig alle Gäste im Biergarten. Als er das Gesicht des Museumsleiters sah, begriff er sofort, dass etwas furchtbares passiert sein musste. Er folgte dem Museumsleiter im Abstand von etwa 30 Metern.

Zwei Frauen auf Hollandrädern überholten den Mann mit dem sündhaft teuren Fahrrad und dem schreiend bunten Outfit. Da sagte die eine: „Guck emol. Der hot ä Fahrrad fer 4000 Euro, unn ä Tempo wie moi Oma beim oikaafe.“

Der Museumsleiter sprach flüsternd in sein Headset: „Brezelmüller! Komm mir nit zu nah. Isch hab en Schprengschtoffgürtel an. Isch soll um 12 Uhr 50 an Rhoikilometer 477 soi, odder es rappelt!“

Es war 12:33 Uhr. Zulu Eins Brezelmüller rief Zulu Zwei bis Sechs an.

„Hier Zulu Zwää“, schnaufte Toni ins Handy, als er an der Rhoischnook ankam. Als ihn Brezelmüller über die neue Lage informierte, wurde er noch wütender als vorher. Blutend wie er war, riss er einem Gast im Biergarten das Weizenbier aus der Hand, soff es in einem Zug aus, warf ihm 10 Euro hin, und fuhr weiter. „Isch fahr vor!“, brüllte er grimmig in sein Telefon und raste wie ein Irrer zu Rheinkilometer 477.

Zulu Vier und Fünf wurden auch über die neue Lage unterrichtet.

„Jetzt fährst Du!“, zischte Nobby. Sie tauschten die Plätze. Grieser musste jetzt treten und Nobby setzte sich auf den Gepäckträger. „Schneller!“, befahl Nobby.

Als letzter kam Hohlblockfriedel an die Rhoischnook. Irgendwie hatte er es geschafft, nicht verhaftet zu werden. Peinlich genau das Tempolimit beachtend, kroch er die Wormser Straße entlang, um dann festzustellen, dass er mit dem Auto nicht zur Rhoischnook fahren konnte, weil man den alten Bahnübergang gesperrt hatte. Er musste erst korrekt das Auto parken, um dann umständlich über die Fußgängerbrücke an die Kneipe zu laufen. Er rannte hin. Als er ankam, rief ihn Brezelmüller an. Friedel rannte vor Wut schreiend zurück an sein Auto und suchte einen Weg zu Rheinkilometer 477. „Wenn isch die Sau verwisch!“, brüllte er.

„Bitte wenden“, sagte das Navi.

Zulu Sechs Ölprinz kam gar nicht an, weil er um alles in der Welt vermeiden wollte, dass der verletzte Radfahrer die Polizei rief. Der Radfahrer war ein Jurastudent und nutzte die Lage weidlich aus. Bis sich der Notarztwagen den Weg zum Unfallort gebahnt hatte, musste der Anwalt unter Zeugen im Namen seines Mandanten zig eidesstattliche Erklärungen unterschreiben. Grob geschätzt würde dieser Unfall den Metzgermeister vorneweg 10000 Euro kosten. Dann kam das beste. Der Notarzt weigerte sich, den verletzten Hund mitzunehmen. Der Anwalt verpflichtete sich unter Zeugen, den Hund bis zur Rhoischnook zu tragen, dort ein Taxi zu rufen, und mit dem Köter in eine Tierklinik zu fahren. Aber kurz vor der Rhoischnook biss der Hund den Anwalt, und rannte weg. Der Anwalt rannte wie ein Depp hinterher. Als er an der Unfallstelle vorbeikam, musste er feststellen, dass sein nagelneues Fahrrad geklaut worden war.

„Isch halt dess nit mehr aus“, stammelte der Museumsleiter. Er starb tausend Tode auf dem Klapprad. Inzwischen gab es keinen geteerten Weg mehr. Der Uferweg war ein holpriger Feldweg. Bei jedem Schlagloch hatte er Angst, dass die Bombe hochgehen würde. Wenn er aber zu vorsichtig war, und langsam fuhr, dann wurde vielleicht die ferngesteuerte Bombe gezündet, weil er zu spät kam. Da sah er ein Schild. Er war jetzt bei Rheinkilometer 479. Noch 2000 Meter.

„Hä, hä“, lachte die Wirtin. Die Idee mit dem Sprengstoffgürtel war ihr gestern gekommen. Deshalb hatte sie einen Gürtel und ein Gürteltäschchen gekauft. In das Täschchen hatte sie Knet gesteckt. Den Knet hatte sie im Kinderspielzeugladen „Wirth“ gekauft.

Es war 12:40 Uhr. Sie setzte das Modellboot ins Wasser und bediente den Stick. Gehorsam zuckelte das „Schiffschebootsche“ 100 Meter rheinaufwärts am Ufer entlang. Das musste sein, weil die Strömung stark war. Dann hoppelte das Boot über den Fluss und landete flussabwärts genau gegenüber am anderen Ufer vor dem Schild, auf dem die Zahl 477 stand. Sie hielt das Boot auf Position, und beobachtete mit dem Fernglas das Ufer.

Zulu Eins Brezelmüller fuhr hinter dem Museumschef und vergrößerte den Sicherheitsabstand auf 50 Meter. Schließlich war er der Einsatzleiter und durfte kein Risiko eingehen. Von wegen Splitterwirkung und so. Er rief an: „Zulu Zwei! Kommen! Siehst du was?“

Zulu Zwei Toni hörte nichts. Er raste wie ein Rachegott am Rheinufer entlang. Ihm tat alles weh. Vor allem die schwere Rippenprellung machte ihm zu schaffen. Er fuhr an Rheinkilometer 477 vorbei und sah: nichts. Um keine

Aufmerksamkeit zu erregen, fuhr er noch ein Stück weiter und dann rechts in den Wald. Dort brach er einen Ast durch. Mit dem Knüppel bewaffnet, pirschte er wie ein Panther durch das Gebüsch. Als er leise Stimmen hörte, schlich er sich an, sprang er hoch, schwang den Knüppel, und brüllte: „Uuaarrhh!".

Die beiden Nackten erschraken zu Tode, als der blutende Berserker mit dem Knüppel und den irren Augen vor ihnen stand. Ihr Schäferstündchen im Wald hatten sie sich anders vorgestellt. Die Nackten flüchteten in panischer Angst durch den Wald Richtung B 9.

Toni sah auf die Uhr. Es war 12:45 Uhr. In fünf Minuten war die Geldübergabe. Er ging ein paar Meter Richtung Rheinufer. Dann robbte er sich weiter heran. Er legte sich mit dem Knüppel hinter eine Pappel, die fünf Meter von dem Schild mit der Nummer 477 weg war.

„Scheiße, Scheiße, Scheiße!!" , brüllte Zulu Drei Hohlblockfriedel und schlug mit der Faust auf das Armaturenbrett. Es war 12:41 Uhr. Er raste wie Walter Röhrl in seinen besten Zeiten den Feldweg an der B9 entlang. Fußgänger und Radfahrer sprangen erschrocken auf die Seite. Die B9 war auf einen Damm gebaut, aber der Feldweg war dahinter. Irgendwo, das wusste Friedel, war hier eine Unterführung, um zum Rheinufer zu kommen. Aber wo? Er machte eine kriminelle Vollbremsung und brüllte einen Spaziergänger an: „Wie komm isch an de Rhoi?!"

„Mit em Audo gar nit, Du Dollbohrer!", rief der Fußgänger, und hustete in der Staubwolke.

Friedel ließ die Reifen durchdrehen, raste mit 80 Sachen den Feldweg entlang und sah plötzlich aus dem linken Augenwinkel den schmalen Tunneleingang vorbeifliegen. Vollbremsung! Das Auto brach aus und krachte in einen Gartenzaun. Rückwärtsgang! Vollgas! Bremsen. Vorwärtsgang! Friedel steuerte den schweren Wagen mit Karacho in die schmale Unterführung. Dann spürte er einen Schlag, und hörte einen Krach wie noch nie in seinem Leben. Als er die Augen öffnete, hatte er furchtbare Genickschmerzen und hing mit dem Gesicht im Airbag. Benommen versuchte er den Wagen zu starten. Der Benz sprang nicht an. Friedel löste den Gurt und versuchte auszusteigen. Die Tür ging nicht auf. Es dauerte eine Zeitlang, bis er kapierte. Der schwere Wagen war derart in dem schmalen Tunnel verkeilt, dass er weder vor noch zurück konnte. Er konnte noch nicht einmal die Türen öffnen. Er war hier eingesperrt. Eigentlich konnte er nur die Feuerwehr anrufen, damit die ihn hier raus holte.

„Zulu drei! Kommen!“, plärrte es aus der Freisprechanlage. Es war 12:44 Uhr.

„Mach disch nischt so schwer!“, jammerte Zulu Fünf Grieser. Er strampelte sich die Seele aus dem Leib, und Genosse Nobby saß hinter ihm auf dem Gepäckträger.

„Hör auf zu furzen!“, giftete Nobby zurück. Grieser hatte furchtbare Blähungen. Inzwischen waren sie auf die schlaue Idee gekommen, den leeren Akku wegzuschmeißen, um wenigsten 14 Kilo Gewicht zu sparen.

„Zulu Vier! Kommen!“

„Hier Zulu Vier!“, sagte Nobby. „Wir sind gleisch da!“

„Beeil dich!“, rief Zulu Eins Brezelmüller nervös.

„Grieser! Du sollst Gas geben!“, befahl Nobby.

„Pffrrt!“, furzte Zulu Fünf Grieser, und trat in die Pedale.

Um 12:48 Uhr hatten alle ihre Position eingenommen.

Der Museumsleiter stand mit schlotternden Knien an dem Schild mit der Nummer 477. Fünf Meter hinter ihm lauerte Zulu Zwei mit dem Knüppel hinter der Pappel. Toni nahm an, dass ihm der Baum genug Schutz bot, falls der Museumsleiter in die Luft flog.

50 Meter rechts saßen Zulu Vier und Fünf am Ufer. Sie sollten ein schwules Paar spielen. „Hör endlisch auf zu furzen!", zischte Nobby.

50 Meter links von dem Schild sass Einsatzleiter Brezelmüller am Ufer und dachte fieberhaft nach. Was hatte der Erpresser jetzt vor? Sie konnten immer nur tun, was der Kerl wollte. Der Erpresser hatte sogar Zulu Zwei beinahe, und Zulu Drei vollkommen ausgeschaltet. Wer auch immer diese Geldübergabe organisiert hatte, es musste sich um einen Profi handeln.

Um 12: 50 Uhr klingelte das Handy des Museumsleiters. Er zuckte zusammen. Seine zitternden Beine wurden ganz weich.

„Leg die 30000 Euro ins Bootsche!", sagte die Stimme.

„Was fer ä Bootsche?", fragte der Mann hilflos.

„Vor deiner Nas!", zischte die Stimme.

Der Museumsleiter sah verwirrt die Uferböschung hinab. Tatsächlich, da unten zwischen dem Ufergebüsch war ein Modellboot versteckt. Schwerfällig krabbelte er über die Steine der Böschung hinab, und stieg bis zu den Knien ins Wasser.

„Was iss mit em Scherzje unn de Orde unn ..."

„Erst kommt dess Geld zu mir, dann es Scherzje zu dir!"

„Abber ..."

„Mach vorwärts, odder es rappelt!", zischte die Stimme.

Mit zitternden Händen legte der Museumschef den Rucksack auf das Boot und zurrte ihn fest.

Das Modellboot war etwa einen Meter lang. Es surrte rheinaufwärts am Ufer entlang. Fassungslos sah der Museumschef dem Ding hinterher.

Zulu Vier und Fünf glotzten mit offenen Mündern, als das Boot an ihnen vorbeisummte.

Einsatzleiter Brezelmüller brüllte in sein Telefon: „Zulu Vier! Schnell! Dem Boot hinterher!“

Zulu Vier Nobby warf sich auf das Fahrrad und fuhr am Ufer entlang unauffällig neben dem Boot her. Aber nach ein paar Metern drehte das Boot links ab, und schipperte Richtung linkes Rheinufer. Nobby fuhr trotzdem noch ein paar Meter weiter, um keinen Verdacht zu erregen.

Zulu Zwei Fleischworschttoni kapierte gar nichts, weil er hinter dem Baum in Deckung lag. Er rief Zulu Eins an, aber der ging nicht ans Telefon.

Brezelmüller stand hilflos am Ufer. Er versuchte zu beobachten, wo das Boot am anderen Ufer landete. Aber dann kämpfte sich ein 200 Meter langes Schubschiff langsam flussaufwärts und versperrte die Sicht. Brezelmüller schrie hilflos das Schiff an: „Mach Platz!“

Aber, als er endlich wieder freie Sicht hatte, war das Modellboot verschwunden. Auf der anderen Rheinseite sah er nur dichtes Gebüsch.

Inzwischen hatte auch Zulu Zwei die Lage gepeilt. „E Boot! Brezelmiller! Mir brauche e Boot!“, brüllte er hinter der Pappel heraus.

Brezelmüller hatte ein Boot. Es lag im Winterhafen. Es war das teuerste und schnellste Boot, das im Mainzer Winterhafen lag. Deshalb hatte er es ja auch gekauft. Aber wie sollte er jetzt an sein Boot kommen? Er hatte es für ein paar Tage an einen Freund verliehen.

„Isch bin widder ganz vorne!“, schrie der Wahnsinnige und bretterte im Zick-zack-Kurs über den Rhein. Er überholte mit dem Sportboot Frachter, schnitt sie und umkreiste sie, und lachte wie ein Irrer, wenn das Boot über die Wellen flog.

„Wow!“ schrie seine Tussi, als das Boot abhob und krachend wieder auf dem Wasser landete.

Beide trugen Sonnenbrillen. Sonst nichts. Sie soffen Champagner aus der Flasche, berauschten sich an der Geschwindigkeit, knutschten, fummelten und wurden geil. Einmal fuhren sie sogar eine kurze Strecke geradeaus. Aber nur so lange, wie sie brauchten, um noch „ä Leinsche zu ziehe“.

Die Nase mit weißem Pulver verschmiert, brüllte er: „Weeste, was geil iss?“

„Wass?“

„Bei Vollgas ä Nümmersche schiebe!“

„Wow!“, brüllte sie zurück, und er gab Vollgas. Es war ein schwieriges Verkehrsmanöver. Beide waren betrunken und zugekokst, das Boot hoppelte, und außer dem eigenen mussten sie auch noch den Schiffsverkehr beachten. Sie stemmte sich mit beiden Beinen breitbeinig ab, lehnte den Rücken auf das Lenkrad und hielt sich mit beiden Händen an seinen Schultern fest. Er stellte sich vor sie und hielt sich am Lenkrad fest. Aber das ging so nicht. Weder unten, noch oben. Unterhalb des Bauchnabels kamen sie nicht richtig zusammen, und oberhalb verlor er den Überblick. Wie sollte er auf den Schiffsverkehr achten, wenn vor seiner Nase zwei riesige Silikonbrüste hin- und herschwankten. Er war kleiner als sie. Kurz bevor das Boot am Ufer zerschellte, riss er das Lenkrad herum und lachte irre. Dann stellten sie sich hintereinander in Fahrtrichtung. Sie stützte sich an der

Windschutzscheibe ab, und streckte den Bobbes nach hinten. Er stand hinter ihr, und hielt sich am Lenkrad fest. Aber, weil das Boot so unruhig auf dem Wasser hoppelte, flutschte er dauernd raus.

„Schteck en widder enoi!“, forderte sie.

Er versuchte mit einer Hand das Ding einzufädeln, während er mit der anderen Hand lenkte. Aber mit nur einer Hand am Steuer lief das Boot noch unruhiger, zumal er zwecks Einfädelung dauernd nach unten sehen musste. Zwischendurch mussten sie auch noch dem Frachter ausweichen, der genau auf sie zukam.

„Links!“, brüllte sie, er riss das Lenkrad nach links, und schwupp, war er schon wieder draußen. Außerdem hatten sie keinen Rhythmus. Wenn sie nach vorne ging, ging er zurück. Wieder draußen. Schließlich half sie, indem sie mit einer Hand zwischen ihren Beinen hindurchgriff und ihn an seinen Eiern festhielt, um den Rhythmus vorzugeben.

„Au!“, brüllte er, als sie ihm die Eier langzog.

Erstens tat ihm das weh, und zweitens musste sie dazu mit dem Hintern so weit zurückgehen, dass er mit seinen kurzen Ärmchen nicht mehr das Lenkrad festhalten konnte. Er fiel rückwärts um. So näherten sie sich mit Vollgas und im Zick-Zack-Kurs Rheinkilometer 477.

„Du guckste wie ä Audo, was?“, lachte die Wirtin. Nachdem sie mit dem Museumsleiter telefoniert hatte, schaltete sie wieder das Handy aus und dirigierte das Modellboot in aller Ruhe auf das hessische Rheinufer. Das große Schubschiff kam wie gerufen, um ihre Position zu verbergen. Sie lag im Gebüsch hinter einer bewachsenen Krippe, die zehn Meter in den Fluss hineinragte.

„Erst emol Kohle zähle“, sagte sie, band den Rucksack vom Modellboot los und zählte die Geldbündel nach. Dann zog sie Handschuhe an und holte den blauen Müllsack mit dem Fassenachtskrempel aus dem Gebüsch. Den Sack zurrte sie auf das Modellboot fest. Sie wartete ein paar Minuten, bis ein Frachter rheinabwärts fuhr. Eine Zeit lang ließ sie das Bootsche nebenherfahren, damit man von drüben nicht ihre Position erkennen konnte. Dann erst lenkte sie auf die andere Rheinseite. In diesem Moment sah sie ein Sportboot mit Vollgas im Zick-Zack-Kurs rheinabwärts rasen. „Was fer en Aff!“, murmelte die Wirtin.

„Wo ist die Sau?“, zischte Brezelmüller und sah auf das andere Ufer, aber er sah nichts.

„Es Bootsche!“, schrie der Museumsleiter. „Es Schiffschebootsche kimmt!“

Tatsächlich, das Modellboot überquerte den Rhein. Diesmal kam es von links. Es hoppelte über die Wellen. Als das kleine Boot zwei Drittel der Strecke geschafft hatte, sah man, dass es mit einem blauen Sack beladen war, unter dem sich der Umriss einer Geige abzeichnete.

„Die Orde!“ schrie der Musumsleiter, außer sich vor Freude. „Es Scherzje! Die Orde unn es Scherzje komme zurück!“ Er fiel auf die Knie, und dankte Gott Jokus.

Aber dann sah er das Sportboot, das in einem Affenzahn auf das kleine Modellboot zuraste. 100 Meter, 50 Meter, 30 Meter, es ging rasend schnell.

Man sah noch, dass das Modellboot einen Haken fuhr, aber kaum versuchte es auszuweichen, da änderte auch das Sportboot seinen Kurs.

„Hau ab!“, brüllte der Musumsleiter entsetzt. „Fahr vorbei!

Brezelmüller traute seinen Augen nicht. Es geschah 30 Meter vor seinen Augen. Eigentlich war das Modellboot schon fast auf seiner Seite. Aber es wurde einfach versenkt. Versenkt von einem nackten Mann und einer nackten Frau, die auf dem Sportboot sonst was trieben, und dabei im Zack-Zack-Kurs mit Vollgas über den Rhein bretterten. Brezelmüller kannte das Sportboot und den nackten Fahrer. Es war der Mann, dem er sein Boot geliehen hatte. Der Depp merkte nichts und raste weiter.

Auch die Wirtin auf der anderen Rheinseite war erschüttert. Sie rief den Museumsleiter an: „Dess hab isch net gewollt! Du kannst den bleede Gertel jetzt ausziehe. War eh nur en Witz mit dem Schprengschtoff."

Sie zog ihr Kajak aus dem Gebüsch und wartete auf einen günstigen Moment. Als eine Gruppe Paddler rheinabwärts paddelte, reihte sie sich einfach ein. Der Rucksack mit dem Geld lag im vorderen Sitz. Das ausgeschaltete Handy warf sie unterwegs in den Rhein.

Der Museumsleiter brach heulend zusammen. Unermessliche Kulturgüter von unschätzbarem Wert waren sinnlos vernichtet worden. Das einzige und wahre Mainzer Weltkulturerbe, es lag jetzt auf dem Grund des Rheins. Die Fassenachtsorden, die Geige und vor allem:

„Es Scherzje!", heulte der Mann. Das Fassenachtsmuseum war sein Leben. Jetzt lag alles in Trümmern.

Fleischworschttoni stand auf und nahm den jämmerlich heulenden Mann in den Arm. „Es iss bald widder gut", versuchte er zu trösten. „Isch bau disch widder uff!"

Montag: Soko Helau ermittelt

Kommissar Mittelstädt, maulfaul wie immer, hüllte sich in Schweigen. Er saß am Schreibtisch und las die „Zeit". Das ist eine Zeitung für Menschen, die viel Zeit haben, weil sie noch aus viel Text und wenig Bildern besteht.

„Scheff", fragte der Assistent. „Was mache mir heut, außer Zeidung lese?"

Mittelstädt schielte seinen Untergebenen über die Lesebrille hinweg an. „Hier habe ich eine Liste mit allen Kneipen und Imbißbuden in Mainz, Kastel und Kostheim ausgedruckt. Du kontrollierst überall, ob in der Küche ein Fleischklopfer hängt, und verhaftest alle Verdächtigen."

„Des sinn ja ibber dreihunnert Kneipe?!"

„Ich helf dir, sobald ich die Zeit gelesen habe."

„Hör uff, misch zu verarsche!"

„Du gehst jetzt „Zum Ferzje" und legst Dich vor der Kneipe unauffällig auf die Lauer. Ich will nur wissen, auf welche Bank die Wirtin ihre Umsätze bringt."

„Meenste, die war's?", fragte der Assistent.

„Wenn nicht, dann haben wir noch 299 andere Kneipen zur Auswahl."

„Warum muss isch hier immer de Honjer mache?", meckerte der Assistent.

„Weil ich hier der Chef bin, und du nur der Assistent!"

Der Assistent belauerte stundenlang die Kneipe. Als die Wirtin das Haus verließ, und Richtung Innenstadt ging, folgte er unauffällig.

Um 15 Uhr rief er an: „Scheff. Die bringt ihr Kohle uff die Volksbank am Neubrunneplatz."

Mittelstädt rief eine Nummer an.

„MVB. Sie sprechen mit Herrn Kohleschaufler. Was kann ich für Sie ...?"

„Hallo. Ich bin's. Du schuldest mir einen Gefallen. Ich sage dir jetzt den Namen und die Adresse von einer Mainzer Wirtin, die Kundin bei der Bank ist. Du rufst mich heute abend privat zurück und sagst mir, ob und seit wann es auf ihrem Konto auffällige Geldbewegungen gibt."

Kohleschaufler: „Streng genommen darf ich das gar nicht. Dazu musst du mir einen Durchsuchungsbefehl vorlegen."

„Streng genommen", erwiderte der Kommisasar, „darf ich deinen Sohn mit dem frisierten Roller auch nicht vor Ermittlungen schützen, nur weil ich dich gut kenne! Das ist sogar ein Dienstvergehen. Und mit dem entsprechenden Vermerk in seinem Führungszeugnis dürfte dein Junior auch keine Banklehre absolvieren!"

Kohleschaufler: „Iss ja schon gut."

Abends purzelten aus dem Fax in der Wohnung des Kommissars jede Menge kopierter Bankauszüge.

Dann klingelte das Telefon: „Also. Die Frau ist eigentlich bankrott. Geschäftskonto bis zum Anschlag überzogen, KFZ-Brief ihrer alten Schrottmühle als Sicherheit abgetreten, Lebensversicherung schon lange verkauft. Die Bank wollte ihr den Hahn abdrehen. Aber seit genau zwei Wochen steigen die Umsätze. Sie bringt jetzt im Schnitt jeden Tag 588 Euro Umsatz, statt 267 auf die Bank. Wenn sie so weiter macht, ist sie in einem Jahr nicht schuldenfrei, aber halbwegs aus dem Schneider."

„Danke", sagte der Kommissar und legte auf. Sonntags war das Fassenachtsmuseum ausgeraubt worden. Sonntags hatte die Wirtin Ruhetag. Seitdem brachte sie kontinuierlich höhere Tageseinnahmen zur Bank. War das Zufall?

Der Tag danach

Den ganzen Montag leckte die Handkäsmafia ihre Wunden. Brezelmüller, Grieser und Nobby hatten es am besten. Sie hatten nur Muskelkater. Der Anwalt war vom Hund gebissen worden. Toni trug dicke Verbände und hatte tierische Schmerzen. Außerdem hatte er saftige Kosten am Bein, weil der Jurastudent Krankenhauskosten, Verdienstausfall, Schmerzensgeld, psychische Folgeschäden und Brimborium erklagen wollte. Hohlblockfriedel konnte sich nur mit Mühe bewegen. Er hatte ein Schleudertrauma und trug eine dicke Halskrause. Außerdem hatte man den Führerschein eingezogen, sein Wagen war ein Totalschaden, und die Feuerwehr stellte ihm eine große Rechnung. Dazu kam noch ein Verfahren wegen Beschädigung öffentlicher Verkehrsanlagen.

Der Museumsleiter lag mit Nervenzusammenbruch unter ärztlicher Beobachtung im Krankenhaus. Er bekam starke Beruhigungsmittel.

Brezelmüller schätzte die Gesamtkosten des gestrigen Einsatzes auf weit über 100000 Euro, ohne die 30000, die der Erpresser jetzt zusätzlich zu den 500000 Euro Schwarzgeld hatte, die er im Tresor erbeutet hatte. Dazu kam noch das Honorar und die Spesen für die drei Detektive. Abends griff er zum Telefon und rief Karl Napp an.

„Ui, ui, ui“, sagte Karl, als er von Brezelmüller in dürren Worten über die gescheiterte Geldübergabe informiert wurde.

„Es muß ein Mann sein“, sagte Brezelmüller. „Er hat eine tiefe Stimme, er spricht Meenzerisch, er ist gerissen, und er ist gefährlich!“

„Du siehst aus wie ä alt Klooberscht!“,

sagte Erna zu Karl am Dienstagmorgen. Karl ging ins Bad und sah in den Spiegel. Ganz unrecht hatte sie nicht. Rings um seine Glatze standen die Haare wirr nach allen Seiten ab. Er ließ sich von Erna Geld geben, und tappte in die Münsterstraße zum Friseursalon Schöfer.

Chefin Petra empfing ihn mit einem krachenden Witz: „Was macht en schwule Reescheworm, wenn er in ä frisch Salatbeet kommt?“

„Saach mir’s“, sagte Karl.

„Er schmeißt erst emol alle Schnecke raus!“

„Huah“, grölte der ganze Friseurladen.

„Mal was annerst“, fragte Karl, als er an der Reihe war. „Host Du was mitbekomme von dem Überfall uff es Fassenachtsmuseum. Dess iss doch hier um die Eck.“

„Ei sischer“, lachte Petra. „Dess war die Wirtin vom Ferzje.“

Die Wirtin war eine Kundin vor ihr. Am Montag vor zwei Wochen war Petra früh in ihrem Geschäft gewesen, weil sie ihren Laden umräumte. Etwa gegen halb acht war die Wirtin mit einem blauen Müllsack auf dem Rücken durch die Münsterstraße gegangen, warf den Sack in ihr Auto, winkte der Friseurin fröhlich zu, und fuhr weg.

„Host Du dess de Bolizei gesaacht?“, fragte Karl aufgeregt.

„Die Bolizei hot misch nit gefraacht“, sagte Petra.

Karl sprang aus dem Friseursessel hoch und rannte weg.

„Was fer en Hutsimpel“, lachte Petra. „Dess war en Witz!“, rief sie ihm hinterher. „Die Fraa klaut nix.“

Karl rannte mit halb geschnittenen Haaren zum Ferzje.

„Was zum Teufel machst du hier?“,

fragte Kommissar Mittelstädt. Er stand an einer Ecke und beobachtete den Eingang vom Ferzje.

„Ei, isch ...“

„Bevor du mir Scheißdreck erzählst!“, warnte der Kommissar, „sag besser gar nichts.“

„Dann saach isch lieber gar nix!“, sagte Karl Napp.

Eine Zeitlang sagten beide nichts.

„Dess iss doch Kokolores, dass mir beide nix saache!“

Kommissar: „Fang du an! Was hast du hier verloren? Sag mir nicht, dass du für die Handkäsmafia arbeitest!“

Karl: „Isch saach nit so, unn isch saach nit so. Weil hinnerher heißt es widder, isch hätt so unn so gesaacht.“

„Also doch!“, kombinierte der Kommissar. „Im Tresor waren nicht nur alte Fassenachtsorden, stimmt's?“

„Dess hab isch nit gesaacht“, sagte Karl.

„Wieviel?“, fragte der Kommissar.

„500 Mill“, sagte Karl, „saacht mer so.“

„Ho, ho“, lachte der Kommissar. „Ich bin mir sicher, dass die Wirtin das Ding gedreht hat.“

Karl: „Isch bin mir aach sischer, dass die dess war!“

Kommissar: „Es geht mir aber gegen den Strich, die Frau solange zu überwachen, bis ich sie überführt habe.“

„Mir aach“, stimmte Karl zu.

Kommissar: „Und im Grunde genommen ist die Welt ja in Ordnung. Es hat nicht die Falschen getroffen.“

„Dess iss rischdisch“, sagte Karl.

„Das ist eine der letzten schönen Kneipen“, sagte Mittelstädt. „Hierher kommen sogar noch die klassischen Feierabendtrinker im Blaumann. Wo gibt's das noch?“

„Wenn die Fraa im Bolles hockt, dann gar nit mehr!“, sagte Karl bitter. „Dann macht die Beiz zu!“

„Also was machen wir jetzt?“
„Hörst du uff zu ermiddele?“, fragte Karl.
„Wenn du aufhörst zu schnüffeln!“
Sie klopften an das Küchenfenster. Die Wirtin brüllte in bester Mainzer Manier über die Gasse: „Was wollt dann ihr Dollbohrer? Isch hab noch nit uff!“

Dann erkannte sie den Kommissar und den gelegentlichen Gast. Sie öffnete die Kneipentür.

„Ich bin privat hier“, sagte der Kommissar.

„Isch aach“, behauptete Karl Napp.
Sie gingen in die Küche. Erbsensuppe brodelte auf dem Herd.

Kommissar: „Ich kann eine Hausdurchsuchung anordnen. Ich kann wochenlang die Kneipe beobachten lassen. Dann ist jeden Abend ein Kollege in der Kneipe und vergleicht den tatsächlichen Umsatz mit dem, was Sie auf die Bank tragen. Aber eigentlich will ich das gar nicht, weil der Diebstahl von Schwarzgeld kein Straftatbestand ist. Jedenfalls nicht bei mir.“

„Bei mir aach nit“, stimmte Karl zu.

Kommissar: „Angenommen, Sie würden einen Koffer mit 500000 Euro Schwarzgeld von der Mainzer Handkäsmafia finden. Was würden Sie damit tun?“

„Isch dät so lang Kneip mache, bis dess Geld all iss.“
Kommissar: „Wenn Sie das täten, dann würde der zuständige Kriminalbeamte die Ermittlungen einstellen.“

„Isch aach“, sagte der zuständige Privatdetektiv. „Isch soll nämlisch die 500000 Euro suche. Isch wääß nur nit, wie isch dess de Handkäsmafia erkläre soll.“

Da öffnete die Wirtin den Geschirrschrank und holte den Koffer mit dem Geld.

Karl und der Polizist starrten auf beinahe 500000 Euro. Ganz oben auf dem Geldberg lag ein Zettel. Auf dem

Zettel war sorgfältig notiert, wie viel die Wirtin herausgenommen hatte, um Umsatz vorzutäuschen.

Der Kommissar rechnete, dass mit dieser Methode die Kneipe noch über 10 Jahre existieren könne.

„Unn was iss dess?“, fragte Karl.

Unter dem Zettel lag ein vergrößertes altes Foto.

„Haha“, lachte Karl Napp. „Huah“

„Wo haben sie das schöne Foto her?“, fragte Mittelstädt begeistert.

„Aussem Tresor. Dadevon hab isch mir damals heimlisch zwää Abzüsch mache lasse, wie isch noch Sekredärin vom Fassenachtsveroi war.“

„Mit dem Foto“, sagte der Kommissar, „bekommen wir die Kuh vom Eis!“

„Abber hunnert Prozent!“, stimmte Karl Napp zu.

Die drei aßen Erbsensuppe mit Würstchen. Hinterher qualmten sie die Küche zu und machten den Plan zur Rettung der Kneipe. Das schlimmste kam zum Schluss. Einer musste Karl ein blaues Auge hauen, damit es echt aussah. Wirtin und Kommissar sahen sich an.

Da schloss Karl die Augen, deutete abwechselnd auf beide und sagte laut: „Ibbsche, Dibbsche, Pefferditsche. Ibbsche dippsche dapp, unn du bist ab!“

Die Wirtin sollte es tun.

„Bumm!“, schlug sie ihm die kleine Eisenpfanne auf’s Auge. Dann gab sie einen Schnaps aus.

„Sieht täuschend echt aus“, meinte der Kommissar.

„Du host gut lache!“, knurrte Karl Napp.

Es war ein gekonnter Schlag. Nicht fest, aber gezielt. Sie hatte den Nasenansatz und die Augenbraue getroffen. Beinahe sofort schwoll das Auge zu, und die Nase wurde dick. Jetzt hatte Karl zwei dicke Augen.

„Herr Doktor Müller?“,

fragte die Sekretärin.

„Jetzt nicht!“, brüllte Brezelmüller. Er saß in seinem überdimensionalen Büro an seinem überdimensionalen Schreibtisch und war schlecht gelaunt. Er konnte sich nicht auf seine Geschäfte konzentrieren, weil er dauernd an die gescheiterte Geldübergabe denken musste.

Sekretärin: „Herr Doktor ...“

„Was ist denn?!“, schrie der Pate.

„Da steht ein Karl Napp und behauptet, dass er auch ohne Termin zu Ihnen kommen kann.“

„Warum sagst du das nicht gleich!?“, brüllte der Pate.

„Brezelmüller, isch glaab, isch hab den Schwarzgelddieb gefunne!“, krähte Karl, als mit der Tür ins Büro fiel.

„Wie siehst du denn aus?“, fragte der Pate.

„Berufsrisiko“, brummelte Karl und erzählte, dass er gestern Nacht in der Neustadt von einem Mann zusammengeschlagen worden sei.

„Wie sah der aus?!“

„Wääß isch nit. Ess war jo dungel. Der hat mir ääns ibbergezooche, unn den Umschlaach hier mitgebbe! Was da drin iss, wääß isch nit. Abber dess iss fer disch.“

Auf dem Umschlag stand in Druckbuchstaben: „Für den Paten persönlich.“

Brezelmüller riss Karl Napp den Umschlag aus der Hand, robbte ihn auf und schlug vor Wut mit der Faust auf den Tisch. Dann jagte er den Detektiv aus dem Büro und trommelte die Handkäsmafia zusammen.

„Dess Foto iss escht!“,

stöhnte der Museumsleiter. „Isch wääß dess noch. Da habbe mir all zusamme rischdisch die Wutz rausgelasse!“

„Oh Gott“, stöhnte der Anwalt. „Wenn das ein Mandant von mir sieht!“

„Wenn dess moi Alt sieht!“, jammerte Friedel.

Grieser: „Das wäre das Ende meiner bolidischen ...“

„Grieser hall doi Maul!“, zischte Toni.

„Wenn das an die Öffentlischkeit kommt“, stammelte Genosse Nobby, „dann bin isch nischt nur bolidisch, sondern auch gesellschaftlisch erledischt!“

„Isch nit!“, sagte Toni trotzig. „Im Geschesatz zu eusch gebb isch jederzeit zu, dass isch in de Puff geh.“

„Ruhe!“, befahl Brezelmüller.

Zu dem Foto gehörte auch ein Anschreiben aus aufgeklebten Buchstaben. „Lasst mich in Ruhe, oder ich veröffentliche dieses Foto.“

Die Männer auf dem Foto waren gut zu erkennen, weil sie alle fröhlich in die Kamera winkten. In der Mitte stand der große Vorsitzende des Fassenachtsvereins aus dem Jahr 1981. Er hatte den Mainzer Oberbürgermeister im Arm. Links und rechts davon stand die ganze Mainzer Handkäsmafia Spalier. Brezelmüller, Fleischworschttoni, Hohlblockfriedel, Grieser, Nobby, der Ölprinz, der Museumsleiter, der spätere Chef der Meenzer Wohnklaugesellschaft. Alle Männer waren „nackisch“. Vor ihnen knieten „nackische“ Frauen und bliesen ihnen die „Bibbese“.

Es war ein gelungener Schnappschuss, aufgenommen im Jahre des Herrn 1981 nach Fleischwerdung Christi im Fassenachtspuff im goldischen Mainz am Rhein.

„Scheff?“,

fragte der Assistent.

„Was?“

„Wieso biste so gut gelaunt?“

„Bin ich das?“, fragte Mittelstädt zurück. Es saß pfeifend am Abschlussbericht und schrieb: „ ... Die Sicherheitsmängel im Museum waren haarsträubend, angefangen von der abgeschalteten Alarmanlage, über den Hausmeister, der das Reinigungspersonal unbeaufsichtigt ließ, bis zur Safekombination 11111111, abgeleitet vom närrischen Datum elfter elfter elf Uhr elf.

Ebenso unglücklich war die Entscheidung der Verantwortlichen, sich auf die Lösegeldforderung einzulassen, ohne polizeiliche Hilfe bei der Geldübergabe in Anspruch zu nehmen.

... Alle oben genannten Tatverdächtigen hatten zur Tatzeit ein glaubwürdiges Alibi. Weder umfangreiche Ermittlungen, noch kriminaltechnische Untersuchungen ergaben einen Tatverdacht.

Weitere Ermittlungen halte ich für sinnlose Unterfangen, deren Ergebnisse in keinem Verhältnis zum Aufwand stehen. Angesichts der bekannten Arbeitsüberlastung und Personalnot der Mainzer Kriminalpolizei schlage ich vor, die Ermittlungen einzustellen.

Gezeichnet, ...“

Als Mittelstädt an diesem Abend mit seinem Hund spazieren ging, dachte er darüber nach, wie merkwürdig so ein Polizistenleben sein kann. In 28 Dienstjahren war es ihm trotz hartnäckiger Versuche niemals gelungen, der Mainzer Handkäsmafia ans Schienbein zu treten. Und jetzt, kurz vor seiner Pensionierung hatte er es doch geschafft. Einfach, indem er die Ermittlungen einstellte.

„Daraus kann man lernen“, murmelte Mittelstädt, „dass übertriebener Ehrgeiz nur schadet. Man muss auch mal Fünfe gerade sein lassen, um Erfolg zu haben.“

Der Fall landete auf dem Schreibtisch des berühmten Mainzer Kriminalbeamten, der sich ausschließlich um ungeklärte Fälle kümmert. Und dort verstaubt die „Akte Helau“ bis heute.

Die Wirtin betrieb noch viele Jahre ihre Kneipe. Kurz vor ihrem Siebzigsten Geburtstag geschah ein Wunder. Plötzlich war die Kneipe voll. Sie musste einen Koch und zwei Bedienungen einstellen.

Es gab immer mehr Menschen, die diese neumodernen „Event-Cafe-Bistro-Restaurants“ einfach satt hatten. Sie bekamen Sehnsucht nach vernünftigen Kneipen. Um bis dahin zu überleben, brauchte die Wirtin das Schwarzgeld. So gesehen, waren die „500 Kilo“ der Mainzer Handkäsmafia gut angelegt. Es war eine unfreiwillige, aber sinnvolle Investition in eine bessere gastronomische Zukunft.

Als Fleischworschttoni Jahre später erfuhr, wer ihn damals abgezockt hatte, ging er zur Wirtin, gab ihr die Hand, und sagte voller Hochachtung: „So wie Du hot misch noch kääner übber de Disch gezooche!“

Ferdisch!

Wem dieser Karl-Napp-Krimi gefallen hat: Es gibt noch sechs weitere von der Sorte. Bitte weiterblättern.

Big Deal oder Der Stecher von Mainz

Mainz: Hausmeister und Privatdetektiv Karl Napp erhält den Auftrag, die Frau eines stadtbekannten Unternehmers der ehelichen Untreue zu überführen. Karl Napp stößt bei seinen Nachforschungen auf einen Skandal, dass der Dom wackelt. Sex, Lügen, Videos, Korruption, Erpressung.

Mittendrin: Die ehrenwerten Mitglieder der Mainzer Handkäsmafia. Unternehmer, Ärzte, Anwälte, Polizisten, Beamte, Lokalpolitiker, Fassenachter, Nullfümfer.

Die Stimmen der Kritik

Emma: „Sexistisch, vulgär, unterstes sprachliches Niveau!“

Mackenbacher Landbote: „Sehr gut. Schnell spannend, witzig, Sex und Crime. so sollten Krimis sein!“

The Royal Litterature Observer: „We are not amused.“

Journal Litteraire Hebdomadaire: « Quel esprit!”

MRR an einem schlechten Tag: „Diesäs Buch ist ein schlächtes Buch!“

MRR an einem guten Tag: „Diesäs Buch ist ein gutäs Buch!“

Anonymer Brief: „Mir sind empört, dass in diesem Buch der Meenzer an sich als vorlaudes und agressifes Arschloch dargeschstellt wird. Wenn mir den Audor verwischen, hauen mir ihm uff die Fratz!“

Big Deal oder Der Stecher von Mainz. Kriminalroman von Dieter Schmidt. EAN-Nummer 978-3-9809395-3-9.
2001 erstmals erschienen. Seit 2009 gottseidank wieder im Karl-Napp-Verlag. Preis: 11,95 Euro

Big Deal oder
Der tote Kuttenbrunzer im Sado-Maso-Käfig

Mainz. Ein katholischer Priester wird nackt und tot im Käfig eines Sado-Maso-Bordells aufgefunden. Vorläufige Todesursache: Zuviel Suff, zuviel Koks, zuviel Viagra, zuviel Puff.

Nachforschungen ergeben, dass der tote Pfaffe zu Lebzeiten ausschweifend der bisexuellen Fleischeslust frönte. Außerdem war der geile Kuttenbrunzer tief in den Parteispendenskandal verwickelt.

Wurde er vielleicht doch ermordet? Von der Kirche? Von katholisch-fundamentalistischen Terroristen? Oder steckt die Mainzer Handkäsmafia dahinter? Privatdetektiv Karl Napp ermittelt.

Johannes Gutenberg +
In dem Krimi geht's um Geld, Sex, Politik und Religion. Geiles Buch, hätt isch aach gern gedruckt.

Wiesbadener Literaturkurier
Widerlich! In diesem Krimi wird der Mainzer so beschrieben, wie er in Wirklichkeit ist. Laut, ordinär, schlecht angezogen und auch noch stolz darauf.

Südwestdeutscher Literaturrundfunk
Schpannend, witzisch unn sorgfäldisch rescherschiert. Subber. Son Kokolores find isch immer gut.

Eine ehemalige Nonne, heute Betreiberin eines Sexshops
Genau so isses!

Big Deal oder Der tote Kuttenbrunzer im Sado-Maso-Käfig. Kriminalroman von Dieter Schmidt. Karl-Napp-Verlag 2002. EAN 9783000103513 Preis: 11,95 Euro.

Ääner geht noch!

Johannes Gutenberg ist der berühmteste Meenzer aller Zeiten, weil er angeblich den Buchdruck erfunden hat. In Wahrheit weiß man noch nicht einmal, wie er aussah. Alle Bilder, alle Denkmäler von ihm sind frei erfunden.

Als die Spur eines Gutenbergportraits aus dem Jahr 1454 auftaucht, gerät ganz Määnz aus dem Häusschen. Die Presse, die Handkäsmafia, die Hells Angels, ja sogar Wiesbadener jagen hinter dem alten Gutenberg her. Die Rheinhessische Befreiungsfront (RHF) ist auch dabei. Deshalb mischt der Verfassungsschutz mit. Zwischen allen Fronten: Privatdetektiv Karl Napp.

Johannes Gutenberg +

Ja gut, sischerlisch. Schtimmt alles, was übber misch in dem Buch schteht. Abber grad deshalb! Wenn isch den Audor verwisch, haach isch em uff die Fratz, dem Arschtörtsche!

Europäisches Institut für vergleichende Sexualforschung: Sauwitzisch! Der Mainzer Dialekt hat einen unglaublichen sexuellen Wortschatz. Schon Carl Zuckmayer war begeistert von dieser saftigen Fleischworschterotik.

Wiesbadener Literaturkurier: Wie hier Wiesbadener dargestellt werden, ist empörend! Außerdem ist das Buch intellektuellenfeindlich!

Rheinhessischer Metzgerverband: Endlich ein Buch über Gutenberg, das nicht nur den Gutenberg-Marathon, sondern auch die Gutenberg-Metzgerei und die Gutenberg-Fleischworscht erwähnt.

Ääner geht noch! Kriminalroman von Dieter Schmidt. Karl-Napp-Verlag 2004. EAN 9783980939508

Der Hund vom Lerchenberg

Mainz: Fiese Verbrecher entführen Ken, fordern Lösegeld und drohen, seinen Schwanz abzuschneiden. Ken ist ein Yorkshire-Terrier. Meenzer nennen diese Sorte Hund: „Fotzelecker".

Der Köter gehört Dr. Neumüller und seiner Freundin Barbie. Neumüller ist ein hohes Tier beim Zweiten Fernsehen Deutsch-lands und sieht aus wie ein dicker Mops. Barbie ist ein silikon-verstärktes Partyluder aus Wiesbaden mit riesigen Brüsten und Lippen so dick wie Fahrradschläuche.

Neumüllers Ehefrau darf nicht wissen, dass es Barbie gibt. Deshalb gehen Herrchen und Frauchen nicht zur Polizei, sondern zum Privatdetektiv Karl Napp. Auf der Suche nach dem Hund schnüffelt Karl im Frankfurter Boxmilieu und stolpert in die Wiesbadener Pornobranche. Die Spur des Verbrechens führt nach AKK, in die hessisch besetzte Zone von Mainz.

Pressesprecher der Mainzer Handkäsmafia: Genau. Alle Hesse sinn Verbrescher, klaue AKK unn Aschebescher.

Wiesbadener Literaturkurier: Das ist richtig. Aber noch krimineller sind die Zustände in der irren Anstalt auf dem Mainzer Lerchenberg.

Wörrstädter Landbote: Stimmt. Erstens verschleudern die Lerchenberger unsere GEZ-Gebühren und zweitens sind sie arrogant.

Fernsehredakteurin in einer Mainzer Boutique: Ich arbeite beim Fernsehen. Wieviel Rabatt bekomme ich hier?

Barfrau Rosie: Die Bibbeswackeler vom Fernseh sinn moi schlimmste Kunde. Dess war schon im Rotkäppche so.

Der Hund vom Lerchenberg. Kriminalroman von Dieter Schmidt. Karl-Napp-Verlag 2006. EAN 9783980939515

FSV oder FCK?

Beim FSV Meenz Nullfümf brennt der Kittel. Die Kasse vom Fassenachtssportverein ist ganz leer, das nagelneue Ernst-Neger-Stadion ist nur halb voll und die Mannschaft spielt wie besoffen. Da hat sogar der dicke Kardinal die Faxen dick. „Isch geh nit mehr enuff!“, verkündet er von der Kanzel.

Deshalb putscht die Mainzer Handkäsmafia. Obermafiosi Brezelmüller wird Präsident und Metzgermeister Fleischworschttoni wird Mänätscher vom FSV. Jetzt weht den geföhnten Profis ein eisiger Wind ins Gesicht. „Ihr müsst Gras fresse!“, brüllt Toni die Spieler an. Und neue Verträge werden im Puff auf Bierdeckeln skizziert.

„Ich habe Vertrag!“, sagt der Mainzer Spieler Michi Raffzahn. Michi hat das gleiche Problem wie alle Fußballer. Er weiß nicht, wie er die Zeit totschlagen soll. Was soll er tun? Stundenlang vorm Spiegel stehen und Gel in die Haare schmieren? Beim In-Italiener herumlungern? Playstation spielen? Oder soll er einen Ferrari kaufen?

Jedenfalls besteht der Verdacht, dass Michi mit Lautern verhandelt. Ausgerechnet mit dem Betze! Das ist Verrat!

Und was sagt der Fußball-Profi zu diesem Buch?

Michi in Mainz: Mainz ist ein Traum für mich. Super Fans, geile Atmosphäre und eine tolle sportliche Perspektive.

Michi in Lautern: Es war schon immer mein Traum, beim Betze zu spielen. Die tollen Fans! Die Atmosphäre im WM-Stadion!

Michi in Schportbild: Ja gut, sicherlich. In den Medien wird ja alles so hochsterilisiert.

Michi privat: 40 Prozent mehr Gehalt ist mir zu wenig. Ich will mindestens ein Drittel!

FSV oder FCK? Kriminalroman von Dieter Schmidt.
Karl-Napp-Verlag 2008. EAN 9783980939522

Das Mainzer Bernsteinzimmer

Mainz: Um noch mehr hässliche Luxuswohnungen zu bauen, reißt die Wohnklaugesellschaft einen schönen Altbau ab. Aber im Keller liegt ein deutscher Soldat, der 1945 ermordet, in einen Brunnen geworfen und mit Beton versiegelt wurde. Der Tote hat kleine gelbe Brocken dabei.

„Das sind Teile des Bernsteinzimmers!“, rufen aufgeregte Experten. Sofort bricht der Irrsinn aus. Rasende Reporter überfallen Mainz, Zeitungen berichten sensationsgeilen Schwachsinn, in der Glotze jagt eine Sondersendung die nächste. Der Landesfürst babbelt wischdisch daher, Russland meldet Ansprüche an, die Kanzlerin ruft das BKA.

Jetzt wollen alle das Mainzer Bernsteinzimmer finden. Journalisten, Schatzgräber und Dollbohrer wühlen in den alten Gängen unter der Stadt. Ganz vorne dabei: Karl Napp und die Mainzer Handkäsmafia.

Weisenauer Rheinzeitung: Sensation! Vergammelt das Bernsteinzimmer in den zugemauerten Festungsgängen von Mainz?

Der Schpiegel: Sauerei! Seit 1945 suchen der KGB, die STASI und der Schpiegel das Bernsteinzimmer. Aber jetzt findet der Mainzer Hutsimpel Karl Napp in der Gaustraße ...

Pressesprecher der Meenzer Wohnklaugesellschaft: Mir mache gern teure Dienstreise, tun edel schpeise, unn baue nur Scheiße. Abber jetzt habbe mir aach noch Leiche im Keller?

Pförtner vom Bahnhofshotel: Subber! Alle Deppe komme nach Meenz unn suche des bleede Bernschteinzimmer. Mir sinn dodal ausgebucht.

Das Mainzer Bernsteinzimmer Kriminalroman von Dieter Schmidt. Karl-Napp-Verlag 2010. **EAN:** 978-3-9809395-4-6